Enrico Brunn

Die Kunst bei Homer und ihr Verhältniss zu den Anfängen der griechischen Kunstgeschichte

Antigonos

Enrico Brunn

Die Kunst bei Homer und ihr Verhältniss zu den Anfängen der griechischen Kunstgeschichte

Unveränderter Nachdruck der Originalausgabe von 1868.

1. Auflage 2024 | ISBN: 978-3-38616-011-7

Antigonos Verlag ist ein Imprint der Outlook Verlagsgesellschaft mbH.

Verlag: Outlook Verlag GmbH, Zeilweg 44, 60439 Frankfurt, Deutschland, info@outlook-verlag.de
Vertretungsberechtigt: E. Roepke, Zeilweg 44, 60439 Frankfurt, Deutschland
Druck: Libri Plureos GmbH, Friedensallee 273, 22763 Hamburg, Deutschland

Die

Kunst bei Homer

und ihr Verhältniss zu den Anfängen

der

griechischen Kunstgeschichte.

Von

H. Brunn.

Aus den Abhandlungen der k. bayer. Akademie der W. I. Cl. XI. Bd III. Abth.

München 1868.

Verlag der k. Akademie,

in Commission bei G. Franz.

Akademische Buchdruckerei von F. Straub.

Die

Kunst bei Homer

und ihr Verhältniss zu den Anfängen

der

griechischen Kunstgeschichte.

Von

H. Brunn.

I.

In jeder Wissenschaft giebt es gewisse Gebiete, auf denen die Forschung, wenn auch nicht als abgeschlossen, doch in der Hauptsache als fest und sicher begründet bezeichnet werden darf. Wo hier noch etwas zu thun bleibt, da wird es sich darum handeln, das Einzelne schärfer und bestimmter zu formuliren, den zuerst nur in seinen Umrissen angelegten Bau auszuführen und durchzubilden, nicht aber die Grundlinien selbst umzugestalten oder von Neuem zu ziehen. Dagegen wird es auch nirgends an solchen Gebieten fehlen, auf denen ein ähnliches Ziel noch nicht erreicht ist, wo es wohl Material giebt, Bausteine, schon mehr oder minder bearbeitet, wo aber das Einzelne sich noch nicht zum Ganzen fügt, weil es noch an der einheitlichen Idee fehlt, der sich dieses Einzelne unterzuordnen hat. Ein solches Gebiet ist die Urgeschichte der griechischen Kunst. Neben der Frage nach ihrem ersten Ursprunge, ihrer Selbstständigkeit oder Abhängigkeit treten uns namentlich zwei Thatsachen entgegen, die schwer mit einander vereinbar scheinen. In dem Bilde des hellenischen Lebens, welches die homerischen Gesänge uns vor Augen stellen, erscheint dasselbe keineswegs des

1*

4

künstlerischen Schmuckes baar; und namentlich in der Beschreibung
des achilleischen Schildes tritt uns ein Reichthum künstlerischer Phantasie in wirklich überraschender Fülle entgegen. Mag immerhin diese
Episode nicht zu den ursprünglichen Bestandtheilen der Ilias gehören:
alt bleibt sie trotzdem und älter als die Zeit der Olympiadenrechnung,
indem sich schon bei mehreren der Cycliker hinlängliche Spuren der
Nachahmung gerade dieses Theiles in episodischer Schilderung von
Kunstwerken nachweisen lassen (vgl. Welcker ep. Cyclus II, Register unter:
Kunstwerke). Dagegen beginnt die Geschichte einer eigentlichen Entwicklung der griechischen Kunst durch das Wirken namhafter Künstler,
von wenigen ganz vereinzelten Nachrichten abgesehen, erst gegen
Ol. 50 und da noch hören wir fast durchgängig nur von ersten Anfängen und Erfindungen. Um sich mit diesem scheinbaren Wider-
spruche abzufinden, hat man bisher zwei Wege eingeschlagen: einer
Seits hat man geglaubt, den homerischen Kunstwerken jedwede Realität
absprechen zu dürfen, anderer Seits versucht, den Beginn der Künstlergeschichte in den Anfang der Olympiaden hinaufzurücken. Nach meiner
Ueberzeugung ist das eine wie das andere weder richtig noch nothwendig, wie ich zum Theil schon in den ersten Kapiteln meiner Geschichte
der griechischen Künstler nachzuweisen versucht habe. Eine allseitige
Erörterung der betreffenden Fragen lag meiner damaligen Aufgabe fern,
und vielleicht war damals die Zeit zu ihrer Beantwortung noch nicht
einmal gekommen. Seitdem hat unser Wissen manche thatsächliche
Bereicherung erfahren, und mancher einzelne Punkt ist nach verschiedenen Seiten hin durchgearbeitet worden, so dass ich es jetzt glaube
wagen zu dürfen, dieses gesammte Thema unter mehrfach neuen Gesichts-
punkten einer nochmaligen Prüfung zu unterwerfen, um auch in den
Anfängen der griechischen Kunst dieselbe einfache, rationelle und streng
organische Entwicklung nachzuweisen, die uns in ihrem ferneren Verlaufe als ein so merkwürdiges Phaenomen entgegentritt.

Unsere erste Aufgabe wird sein, die Stellung der Kunst im homerischen Leben in bestimmter Weise zu begrenzen. Stellen wir die Frage,
ob es eine eigentliche statuarische Kunst gab, so werden wir sie verneinen
müssen. Nur einmal wird ein Götterbild genannt, das der Athene auf
der Burg von Ilion: Il. VI, 92 und 303. Aber es heisst nicht einmal

Bild: der Göttin selbst soll das Gewand auf den Schooss gelegt werden
wie zu wirklichem Gebrauche. Selbst das Haar der „schön gelockten
Göttin" mochte wirkliches Haar, eine förmliche Perrücke sein, indem
selbst noch in historischer Zeit Haarkräusler, Putzmacher und andere
idolorum vestitores vielfach vorkommen. So werden wir denn ein der-
artiges Götterbild so wenig ein statuarisches Kunstwerk nennen dürfen,
wie heut zu Tage so manches Madonnen- oder Heiligenbild im Festornate.
Die naive Frömmigkeit einer niederen Culturstufe fühlt das Bedürfniss,
ihr Götterbild menschengleich zu schmücken und zu putzen: aber künstlerische Anforderungen liegen ihr dabei noch gänzlich fern. — Etwas
anders scheint es sich freilich mit einigen andern Werken zu verhalten:
den goldenen Jungfrauen im Hause des Hephästos (Il. XVIII, 418) und
den Hunden und Fackelträgern im Palaste des Alkinoos (Od. VII, 91).
Selbstverständlich ist hier zunächst, dass wirkliches Leben und Bewegung freie Zuthat des Dichters sind; davon abgesehen aber können
wir an plastisch gebildeten Hunden als Thierhütern keinen Anstoss
nehmen; ebenso wenig an Jünglingsgestalten als Fackelhaltern, wie
wir z. B. deren einen, eine Frauengestalt, auf einem etruskischen
Wandgemälde finden: Mon. d. Inst. V, 16, 4. Auch ein Mädchen, das
Hephästos stützt, sehen wir auf einem vaticanischen Relief: Mus.
PCl. IV, 11. Etwas künstlerisch Unmögliches beschreibt also Homer
nicht. Aber allerdings muss hervorgehoben werden, dass nicht nur die
Schilderung der Behausung des Gottes, sondern auch die des Phäaken-
palastes eine gewisse poetisch märchenhafte Färbung tragen. Leicht
möglich wäre es, dass Homer hier ausschmückte, wovon er nur eine
ungefähre Kunde aus dem Verkehr mit orientalischen, innerasiatischen
Völkern erhalten hatte. Dort wurde der wirkliche Mensch, so zu sagen,
zur Statue, als Schirm-, als Teppichhalter und erscheint in solcher
Function wirklich auf noch erhaltenen Monumenten (vgl. Semper: der
Stil I, S. 272). Damit stimmt es sehr wohl, dass bei Homer gerade
an den genannten Figuren jede Hinweisung auf die Art der technischen
Ausführung fehlt, wie sie doch sonst der Dichter liebt. — Endlich aber
muss noch besonders betont werden, dass wir es hier, selbst wenn wir
die Existenz solcher Figuren zugeben wollen, doch keineswegs mit
selbstständigen, für sich bestehenden Kunstwerken zu thun haben,

sondern mit Gegenständen eines bestimmten praktischen Gebrauches, denen man nur eine künstlerische Form gegeben hat: und unter diesem Gesichtspunkte treten sie wenigstens nicht in einen fundamentalen Gegensatz zu allem übrigen, was uns Homer über die Kunst seiner Zeit mittheilt.

Denn sollen wir ihr eigentliches Gebiet genauer bestimmen, so ist dies die Ausschmückung des für das wirkliche Leben bestimmten Geräthes, der Waffen und der Kleidung. Damit hängt es zusammen, dass Marmorarbeit und Erzguss, an denen die eigentlich statuarische Kunst sich entwickelt, bei Homer noch unbekannt ist: die verschiedenen Arten von Metall: Bronze, Eisen, Gold, Zinn, werden bei Homer geschmiedet, gehämmert, getrieben, genietet; Holz und Elfenbein werden geschnitzt, gemeisselt, gebohrt, geleimt und eingelegt.[1]) Auch die Töpferdrehscheibe ist bereits bekannt, wesshalb freilich die ältesten erhaltenen Gefässmalereien noch nicht mit Ross in die homerische Zeit zurückdatirt zu werden brauchen. Die Malerei, wenn wir diesen Ausdruck überhaupt anwenden wollen, sieht sich vorläufig auf ein Gebiet beschränkt, die kunstvolle mit farbigen Figuren reich geschmückte Weberei. Was auf diesen verschiedenen Wegen geleistet wird, das wird gepriesen wegen Reichthums des Stoffes, wegen der Sorgfalt und der Kunstfertigkeit der Arbeit. Vielfach ist der Besitzer auch der Verfertiger: und z. B. Odysseus zimmert sich sein kunstreiches Bett mit eigener Hand (Od. XXIII, 189 sqq.); Andromache und Helena weben Blumenschmuck und Figuren in die Gewänder (Il. III, 125; XXII, 441). Oft indessen wird auch der $\tau\acute{\epsilon}\varkappa\tau\omega\nu$, $\chi\alpha\lambda\varkappa\epsilon\acute{v}s$, $\sigma\varkappa\upsilon\tau o\tau\acute{o}\mu os$ gerühmt, und selbst der Name des Verfertigers wird zuweilen genannt: Tychios, der den Schild des Aias (Il. VII, 222), und Ikmalios, der den Sessel der Penelope gemacht (Od. XIX, 57). Das Kunstreichste aber, wie z. B. die Waffen des Achill, wird dem Hephästos, dem kunstreichen Gotte selbst, zugeschrieben.

Doch diese umfassende Kunstübung, ist sie nun eine eigenthümlich hellenische? Berechtigt sie uns von einem hellenischen Kunststyl zu sprechen? Das ist für die Anfänge der griechischen Kunstgeschichte

---

1) Die betreffenden Stellen sind jetzt zusammengestellt bei Overbeck, Ant. Schriftquellen, n. 147 ff.

eine der wichtigsten Fragen. Homer beantwortet sie nicht direct: er spricht überhaupt nicht von Styl. Wohl aber giebt er indirect eine hinlänglich deutliche Antwort: in der Odyssee (IV, 617) bezeichnet er in vollster Unbefangenheit einen sidonischen Krater als ein Werk des Hephästos, also eine Arbeit aus nicht hellenischem Lande als Werk des hellenischen Gottes: zwischen griechischer und nicht griechischer Kunst macht er also keinen Unterschied. Ueberhaupt spricht er öfter von sidonischen Krateren (Il. XXIII, 743), sidonischen Gewändern (VI, 290), einem kyprischen Panzer (XI, 20), einem ägyptischen Spinnkorb (Qd. IV, 125). Ein grosser Theil dessen, was Homer vor Augen hatte, mochte also geradezu Erzeugniss fremder Kunst sein; und sicher ist hier der Handelsverkehr der Phönicier bedeutend in Anschlag zu bringen. Aber nach Allem, was wir von ihnen wissen, dürfen wir gerade bei ihnen am wenigsten eine ausgebreitete eigene Kunstübung voraussetzen. Sie waren Kaufleute, die damals den Markt beherrschten und namentlich den Verkehr zwischen dem inneren Asien und Griechenland vermittelten. Von dort mochte zunächst die Masse der kunstreichen Arbeiten kommen, welche die Griechen Anfangs einfach als fremde Waare übernahmen. Dass sodann die fremde Kunst, als die Griechen begannen, eigene Arbeiten zu verfertigen, einen gewissen Einfluss auf dieselben gewinnen musste, wird als naturgemässe Erscheinung nicht abgeleugnet werden können.

Aber ist darum die griechische Kunst aus der asiatischen geradezu abzuleiten? ist sie eine Tochter derselben? Ich antworte mit Entschiedenheit: nein! Soll ich, noch ehe ich den Beweis im Einzelnen zu liefern suche, das gegenseitige Verhältniss in seinen Grundzügen klar machen, so lässt sich dies in schlagender Weise durch die Vergleichung auf einem andern Gebiete des Geisteslebens bewerkstelligen. Die Griechen erhielten von den Phöniciern das Alphabet: aber selbst diese einfachen conventionellen Zeichen bildeten sie um; theils modificirten sie mehrfach die lautliche Bedeutung, theils stylisirten sie die Form nach ihrer eigenen Weise. Von einem dadurch bedingten Einflusse der semitischen Sprache auf die griechische wird aber selbst der eifrigste Vertreter des Semitismus nicht zu sprechen wagen. Gerade ebenso entlehnten die Griechen von den Asiaten die Schrift der Kunst; aber auch in der Kunst redeten sie von Anfang an ihre eigene Sprache.

Diesen Satz zu beweisen, besitzen wir nun ein unschätzbares Document in der Beschreibung des homerischen Schildes. An ihm wird dieses Wechselverhältniss erst recht deutlich, und erst mit Berücksichtigung desselben wird die Beschreibung verständlich und verliert das Auffällige, was sie sonst für viele gehabt hat und bis zu einem gewissen Grade haben musste. Idee und Gliederung ist griechisch, die materielle Ausführung dagegen haben wir uns nach asiatischem Muster zu denken.

Wenn man a priori die Möglichkeit der Existenz eines solchen Schildes wegen der Fülle und des Reichthums der dargestellten Figuren hat leugnen wollen, so lässt sich wohl mit noch grösserem Rechte eben so a priori die Behauptung entgegenstellen, dass ein Dichter unmöglich beschreiben konnte, wofür ihm in der Wirklichkeit gar keine Analogie vorlag. Aber allerdings beschreibt der Dichter poetisch; er löst den zeitlich einheitlichen Moment der Darstellung in eine Erzählung, in eine Aufeinanderfolge von Handlungen auf. Manches Einzelne ist darum nicht zu scharf zu betonen; vielmehr ist der bei der Erzählung zu Grunde liegende Hauptmoment festzustellen, gewissermassen aus der Beschreibung herauszuschälen; was im einzelnen Falle zuweilen schwierig sein mag, aber keineswegs Willkür in der Interpretation voraussetzt.

Das Grundschema der ganzen Eintheilung ist bereits von Welcker festgestellt worden (Ztsch. f. a. K. S. 553 ff.) $\Pi\acute{\varepsilon}\nu\tau\varepsilon$ $\pi\tau\acute{v}\chi\varepsilon\varsigma$, fünf Lagen, je die untere von grösserem Durchmesser als die darüberliegende, ergeben fünf concentrische Kreise, resp. Streifen, auf denen die verschiedenen Scenen zu vertheilen sind. Friederichs freilich (Philostr. Bilder S. 225) will diese Form nicht anerkennen: „Was für ein unpraktischer Schild, der am Rande einfach, im Buckel fünffach ist, also den Mann auf höchst ungleichmässige Weise deckt. Und einen solchen Schild sollen wir annehmen, ohne dass uns nachgewiesen würde, dass die Alten solche Schilde hatten? Wo findet sich denn unter den erhaltenen Schilden, unter den Hunderten dargestellter Schilde ein so abnormes Exemplar? Und endlich sollen wir einen solchen Schild annehmen, ohne dass uns Homer etwas von der besonderen Art dieses Schildes mittheilt? Es ist recht merkwürdig, dass solche Annahmen die Runde durch alle Bücher machen.“ Die Zuversicht des Tones steht hier im umgekehrten Verhältniss zur Stärke der Argumente. Soll denn der Schild den Mann auf ganz gleichmässige Weise decken? Der runde Schild ἀσπὶς ist wohl zu unterscheiden von dem grossen thürförmigen ϑυρεὸς einer spätern Zeit: seiner Grösse nach kann er den Kämpfer gar nicht völlig decken; dieser soll vielmehr mit dem stärksten Theile, dem ὀμφαλός, umbo, den Wurf auffangen, oder vom umbo abgleiten lassen; und um ihn leicht handhaben zu können, darf nicht einmal die Dicke und die Schwere nach dem Rande zu dieselbe sein, wie in der Mitte. Dass ferner die Griechen, und gerade im homerischen Zeitalter derartige Schilde hatten, geht aus Homer selbst deutlich genug hervor. In der Ilias XX, 274 trifft Achilles den Aeneas:

> καὶ βάλεν Αἰνείαο κατ’ ἀσπίδα πάντοσ’ ἔΐσην,
> ἄντυγ’ ὑπὸ πρώτην, ᾗ λεπτότατος ϑέε χαλκός,
> λεπτοτάτη δ’ἐπέην ῥινὸς βοός· ἡ δὲ διαπρὸ
> Πηλιὰς ἤϊξεν μελίη, λάκε δ’ἀσπὶς ὑπ’ αὐτῆς.

Gegen den Rand zu also, wo der Schild am dünnsten war, traf die Lanze.

> Αἰνείας δ’ ἐάλη, καὶ ἀπὸ ἔϑεν ἀσπίδ’ ἀνέσχεν,
> δείσας· ἐγχείη δ’ἄρ’ ὑπὲρ νώτου ἐνὶ γαίῃ
> ἔστη ἱεμένη, διὰ δ’ἀμφοτέρους ἕλε κύκλους
> ἀσπίδος ἀμφιβρότης.

Aeneas deckt sich, hält den Schild von sich weg, und die Lanze fliegt durch die beiden Lagen von Erz und Leder in den Boden. Aber auch in weit späterer Zeit noch deutet Aristides (Panathen. I, p. 159 Dind.) auf dieselbe Art der Schildconstruction: „ὥσπερ γὰρ ἐπ’ ἀσπίδος κύκλων εἰς ἀλλήλους ἐμβεβηκότων πεμπτὸς εἰς ὀμφαλὸν πληροῖ διὰ πάντων ὁ κάλλιστος, so liegt in der Mitte der Erde Hellas, in Hellas Attika, in Attika Athen, und in dessen Centrum die Akropolis.“ Besitzen wir endlich auch keine zu wirklichem Gebrauche bestimmte Schilde von der durch Welcker angenommenen Structur, so haben uns doch die ältesten Gräber von Caere (Mus. Gregor. I, t. 18—20) und Präneste (Mon. dell’ Inst. VIII, 26) eine Reihe von Schilden aus Bronzeblech, blos zu decorativem Zwecke gearbeitet, geliefert, die wenigstens in der Gliederung ihrer Aussenseite mit dem Welcker'schen Schema vortrefflich übereinstimmen. So sprechen also Homer, Aristides und erhaltene Monumente für Welcker gegen Friederichs.

Auch in der Vertheilung der Scenen anf die verschiedenen Streifen hat zuerst Welcker den richtigen Weg gezeigt, wenn auch über Einzelnes sich manche abweichende Ansichten geltend machen mussten. Meine eigene Auffassung habe ich bereits vor zwanzig Jahren im Rhein. Museum (N. F. V, 240 f.) dargelegt, und es wird genügen, hier nur die Hauptpunkte zu wiederholen.

Um das Centrum, Erde und Himmel mit dem, was darinnen ist, lagern sich im zweiten Kreise zwei Hauptdarstellungen: eine Stadt im Frieden; eine andere im Kriege. Den dritten Kreis nehmen die 4 Jahreszeiten ein, je zwei und zwei. Im vierten Kreise fangen die Darstellungen an, sich bereits wieder mehr einheitlich zusammenzuschliessen: es sind Chortänze, die sich allerdings nach manchen Andeutungen in zwei Halbchöre zu sondern scheinen ($οἱ δ' ὅτε — ἄλλοτε δὲ$ —). Im fünften Kreise endlich wird das Ganze einheitlich vom Ocean umflossen. — Im zweiten und dritten Kreise, wo der Inhalt am reichsten ist, sondern sich in den Hauptabtheilungen leicht einzelne Scenen aus. Ich scheide I) in der friedlichen Stadt 1) Mahl, 2) Hochzeit, 3) Rechtsstreit; II) in der kriegerischen 1) die Mauern mit ihren Vertheidigern, 2) Ueberfall der Heerden, 3) Kampf der beiden Heere[1]). Dieser Dreitheilung fügen sich sogar die Jahreszeiten, indem sich neben den Pflügern des Frühjahrs und den Schnittern des Sommers die Bereitung des Mahles zum Erntefest ausscheidet, und neben der Weinlese des Herbstes das Hirtenleben des Winters sich in die von Löwen überfallenen Rinder- und in die feindlichen Schaafheerden theilt.

Diese feineren Gliederungen liessen sich durch manche einzelne

---

1) In den von Friederichs (S. 223) besprochenen Versen 509—513 fasse ich $ἀμφί$ als allgemeine Ortsbezeichnung: in der Umgebung der Stadt. Die Verse selbst aber enthalten nur die motivirende Einleitung zur Schilderung des Dargestellten; die einen, d. h. die Belagerer verlangen Theilung des Besitzes, widrigenfalls sie mit Zerstörung drohen, die andern, $οἱ δὲ$, die Belagerten, gehen auf die Vorschläge nicht ein, sondern rüsten sich zur Gegenwehr.

Bemerkung noch weiter begründen. Doch verzichte ich hier darauf. Denn selbst von ihnen abgesehen, tritt uns schon in der Grund- und Gesammtanlage des Ganzen ein festes und bestimmtes Princip, das der strengen Entsprechung im Raume, ganz unzweideutig entgegen; und eben diese strenge Gesetzmässigkeit giebt uns eine innere Gewähr, dass wir es hier nicht mit einem Spiele poetischer Phantasie, sondern mit einem künstlerischen Gedanken zu thun haben, und dies um so mehr, als dieses selbe Princip die griechische Kunst nicht nur, wie wir sehen werden, in den zunächst folgenden Perioden, sondern unter gewissen Modificationen bis zu ihrer höchsten Entwicklung, ja durch ihren ganzen Verlauf hindurch beherrschte.

Gegen die Realität des homerischen Schildes ist aber ferner von gewisser Seite geltend gemacht worden, dass derselbe nach dem Inhalte seiner Darstellungen durchaus abweiche von dem, was uns die griechische Kunst in ihrem weiteren Verlaufe darbiete. Am Schilde seien nur Scenen aus der Wirklichkeit, dem gewöhnlichen Leben geschildert, ohne jede Rücksicht auf die Mythenwelt. In der Masse griechischer Kunstdarstellungen überwiege dagegen durchaus der religiöse und mythologische Stoff, während das Historische und die Darstellung des wirklichen Lebens nur langsam und in relativ später Zeit Eingang und weitere Verbreitung gefunden habe. Ich will die Schwächen dieser, namentlich in solcher Allgemeinheit unhaltbaren Thesen hier nicht weiter erörtern, sondern nur darauf hinweisen, dass einer Seits bei manchen andern Erwähnungen von Reliefbildnerei bei Homer, an deren Realität wegen ihrer engen Verwandtschaft mit noch erhaltenen Arbeiten durchaus nicht zu zweifeln ist (Il. XI, 19; Od. XI, 609; XIX, 226; vgl. Hesiod. Theog. 578) ganz ebenso die Mythenwelt unberücksichtigt bleibt, anderer Seits aber, dass die Fülle gerade desjenigen Mythenstoffes, der später die Kunst vorzugsweise beschäftigte, erst durch Homer seine Gestaltung erhielt, dass also in einem Kunstwerke, das immer noch dem homerischen Zeitalter angehört, eine künstlerische Verwendung jenes Mythenstoffes in keiner Weise erwartet werden darf. Die Kämpfe der Troer und Achäer, welche Helena in die Gewänder webte (Il. III, 125) bilden hiervon nur eine scheinbare Ausnahme: es sind eben keine mythologischen Bilder,

sondern Darstellungen aus der nächsten Wirklichkeit.[1]) Gerade die erhaltenen
Denkmäler zeigen uns aber, wie die griechische Kunst langsam und
Anfangs unter Beobachtung sehr eng gezogener Kreise das Feld des
Mythologischen sich eroberte. Die Ansätze zu einem Heraustreten aus
der Wirklichkeit zeigen sich schon im Schilde durch die Gestalten des
Ares und der Athene und der Dämonen des Krieges, Eris, Kydoimos und
Ker. Ein ausgedehnteres Hervortreten eigentlich mythologischer Stoffe
in dem Schilde dagegen würde vielmehr einen Grund zum Zweifel an
der Realität haben abgeben müssen. Zu ihrer künstlerischen Gestaltung
gehört eine weitere Entwicklung, wie sie nachweislich erst später stattfand. Vielmehr: wie das Kind seine Versuche zu bildlicher Darstellung
mit dem beginnt, was vor seinen Augen liegt, so thut es auch die
Kindheit der Kunst, und sie wird um so eher diesen Weg einschlagen
und längere Zeit festhalten, wenn die Vorbilder, die ihr etwa zur Nachahmung vorliegen, sich in derselben Richtung bewegen. Solche Vorbilder
werden aber die Hellenen (und hier haben wir es zumeist mit den
Ioniern Kleinasiens zu thun) nicht sowohl aus dem damals sehr auf
sich selbst zurückgezogenen Aegypten, als von denjenigen Völkern ent-
lehnt haben, mit denen sie zunächst, sei es direct, sei es durch Ver-
mittlung der Phönicier, in nähere Berührung traten, nämlich den
innerasiatischen.

Und in der That gewähren uns die Monumente Assyriens, wie sie
seit kaum zwei Decennien bekannt geworden sind, so zu sagen den
Schlüssel zur Lösung des Problems, wie wir uns die Durchführung des
Schildes zu denken haben. Namentlich die zweite Serie der Publicationen
Layard's bietet uns eine reiche Fülle sehr ausführlicher Darstellungen,
vorzugsweise kriegerische Scenen wirklicher Geschichte, durch welche
aber auch viele andere Seiten des damaligen Lebens ihre Erläuterung
finden. Allerdings ist der Palast des Sanherib, dem sie vorzugsweise
entnommen sind, nicht älter als etwa das Jahr 700 v. Ch., also jünger
als wir die homerische Episode vom Schilde anzunehmen berechtigt

---

1) Es liegt daher von archäologischer Seite kein Grund vor, ihre Erwähnung mit Overbeck
(n. 219) für eine spätere Interpolation zu halten.

sind. Aber in dem gesammten Kunstcharakter sind diese Darstellungen gewiss wenig verschieden von denen einer älteren Kunstepoche desselben Volkes. Sie tragen nicht das Gepräge einer in frischer Entwickelung begriffenen Kunstblüthe, sondern das in ihnen herrschende Bildungsprincip zeigt sich als ein auf langer vorhergegangener Ausübung beruhendes und in derselben bereits verknöchertes. So reich an Figuren diese Darstellungen sind, so arm sind sie an eigentlich künstlerischer Erfindung, und die kindliche, noch nicht entwickelte künstlerische Auffassung steht in merkwürdigem Contraste mit der Durchbildung des ornamentalen Theiles, die sich in der Darstellung der Menschengestalt selbst bis auf das Nackte erstrecken zu wollen scheint. Die Figuren haben eigentlich ihre Individualität, alles rein Persönliche völlig eingebüsst, sind Schemata geworden, so zu sagen Buchstaben, aus denen die Worte und Sätze der Bildertafel zusammengesetzt sind. Hier nun finden wir leicht die Formeln, um uns die Beschreibung des homerischen Schildes in Figuren zu übersetzen.

Beginnen wir einmal mit den in den assyrischen Bildwerken so häufigen kriegerischen Scenen, so bieten uns T. 18 unten und T. 50 oben eine Stadt von den Vertheidigern auf den Mauern bewacht, wie wir sie mit geringen Modificationen für den zweiten Kreis des Schildes gebrauchen, wo nur der temporäre Schutz statt gewöhnlichen Kriegern den Greisen, Frauen und Kindern anvertraut ist. Der Ausmarsch, der Ueberfall der Heerden und der darauf sich entspinnende Kampf an den Ufern des Flusses lassen sich aus T. 31, 37, 38, 46 vortrefflich reconstruiren. Für den Hochzeitszug, Chor und Musik bieten uns T. 48 und 49 Analogien. Für die Gerichtsscene lassen sich manche Elemente aus der Hofhaltung T. 23 entnehmen. Für die Darstellungen der Jahreszeiten werden wir wenige ganze Scenen benützen können; aber z. B. Männer, welche Trauben in Gefässen tragen: T. 8, oder andere, welche Thiere schlachten: T. 36 geben Motive für die Weinlese, das Ernteopfer; und andere Scenen, wie das Trinken aus Schläuchen T. 35, das Holzfällen T. 40, das Wasserziehen T. 15, das Treiben der Heerden T. 29 und 35 zeigen uns Züge aus dem wirklichen Leben, die den von Homer geschilderten völlig parallel stehen. Auch die Bezeichnung des Terrains, die Bildung von Bäumen und Weinstöcken, Zelte und andere Baulichkeiten lassen sich passend verwerthen. Und was endlich das Mittelbild des Schildes anlangt, so finden wir zwar weniger in diesen Reliefs, aber doch in den babylonischen und assyrischen Cylindern Bilder der Sonne, des Mondes und des Siebengestirns, während für die Darstellung der Erde etwa die Bronzeschaalen T. 61 und 66 einen ungefähren Vergleichungspunkt abgeben können.

Die Hauptsache bleibt immer, dass die vorliegenden Monumente uns zeigen, wie diese Asiaten mit den Mitteln ihrer Kunst alles und jedes, was das wirkliche Leben darbot, in nüchterner Ausführlichkeit bildlich niederzuschreiben verstanden. Das Schematische aber, was uns bei jeder Figur und bei jedem Gegenstande der Darstellung entgegentritt, erleichtert die Nachahmung: es entspricht der kindlichen Fassungsgabe, die zuerst allgemeiner Formeln bedarf, ehe sie auf das Specielle des Ausdrucks einzugehen vermag. Allerdings die Sicherheit und Präcision, die auf einer bereits völlig zur Manier ausgearteten langen Schulung beruht, wird den Anfängen der Nachahmung gefehlt haben: sie werden in der Ausführung nothwendig weit roher und unbeholfener ausgefallen sein, dafür aber vielleicht schon manche Spuren eines eigenen, neuen Geistes gezeigt haben. Und hier glaube ich, haben wir nicht nöthig, uns auf blosse Vermuthungen zu beschränken, sondern können uns auf noch vorhandene Monumente beziehen, die uns von der Art der Ausführung einen concreteren Begriff gewähren. In dem anerkannt ältesten der Gräber von Caere, aus dem auch die oben citirten Bronzeschilde stammen, haben sich neben andern reichen Schmucksachen einige silberne, zum Theil vergoldete Gefässe gefunden, die mit dem homerischen Schilde auch die Eintheilung in concentrische Kreise gemein haben (Mus. Greg. I, 63—66). Lange war mir die stylistische Behandlung der Figuren an ihnen ein Räthsel: ich vermochte sie in keiner Weise in den Entwicklungsgang der etruskischen Kunst einzureihen. Gross war daher mein Erstaunen und meine Freude, als ich ein vollkommenes Seitenstück zu diesen bisher ganz isolirt dastehenden Arbeiten, eine man möchte glauben von derselben Hand herrührende Schaale, im Louvre fand und dort vernahm, dass dieses Stück nicht aus Etrurien, sondern aus Kittion auf Cypern stamme. Das Räthsel war jetzt gelöst: die caeretaner Gefässe waren nicht ein einheimisches Kunsterzeugniss, sondern importirte Waare, importirt aus Cypern, wo asiatische, ägytische und hellenische Einflüsse sich kreuzten. Ein Product solcher Mischung ist der Styl dieser Gefässe, und wenn ich sie auch keineswegs in die homerische Zeit hinaufrücken will, so giebt es doch vielleicht nichts unter den erhaltenenen Monumenten, was der homerischen Kunst relativ so nahe stände. Wir finden hier in der Anlage der Figuren das Schematische noch festgehalten, aber in der Durchführung zeigt sich das Streben nach Vereinfachung des Details, verbunden mit einem gewissen Schwanken, einer Laxheit in der Formenbezeichnung, wie sie der Entwickelung einer neuen Kunstsprache, eines neuen bestimmt ausgeprägten Styles voranzugehen pflegt. Wie also hier die Fesseln blosser Nachahmung bereits gesprengt und die Ansätze einer neuen freieren Bewegung vielfach gegeben sind, so dürfen wir etwas Aehnliches auch schon für die Zeit der homerischen Kunst annehmen.

Aber so wichtig auch die Bezeichnung der einzelnen Form erscheinen mag, so ist sie doch bei Beurtheilung so alter Kunst nicht das Erste und Wesentlichste. In diesen Zeiten der Kindheit, wo die Kunst nicht selbständig für sich dasteht, sondern wo sie andern Zwecken dient, wird nicht das erste Ziel die formelle Vollendung und Durchbildung des Einzelnen sein, sondern sie soll zuerst den gegebenen Raum gliedern und beleben, die einzelne Figur soll etwas bedeuten, soll einen Gedanken oder eine Handlung ausdrücken: die Kunst ist noch Bilderschrift. In der Art aber, wie sie sich der Gestalten bedient, welche Gedanken sie darzustellen unternimmt, zeigt sich nun der volle Gegensatz zwischen asiatischer und griechischer Kunst. Jene mit Reliefs überdeckten, ausgedehnten Wandflächen von Niniveh, was sind sie anders als in Figuren geschriebene Chroniken, geschrieben in vollster Ausführlichkeit, aber wie es der Styl einer Chronik verlangt, in nüchternster Prosa oder in dem Styl des officiellen steifen Hofceremoniels? Der griechische Künstler des homerischen Schildes entnimmt daraus die Formel für die einzelne Bewegung, die Action einer Figur, aber mit der gegebenen Terminologie schafft er sofort ein Gedicht. Seine Schöpfung beruht auf einem einheitlichen Gedanken. Das Umfassende desselben aber, im Verhältniss zum gegebenen Raume, zwingt ihn sofort, die

Breite und Nüchternheit des Chronikstyls aufzugeben. Er muss sich mit Andeutungen begnügen, muss einzelne Momente auswählen, die fruchtbar genug sind, die Phantasie anzuregen und das Fehlende zu ergänzen. Das Bedeutsame aber wächst durch die Stelle, die dem Einzelnen im Ganzen angewiesen' wird, durch die Gesammtanlage und Gliederung des Ganzen. Auch in den assyrischen Reliefs finden wir die Eintheilung in verschiedene Streifen: aber in künstlerischer Beziehung herrscht darin völlige Willkür. Es kommt dem Darsteller einzig darauf an, Raum zu gewinnen, um seine ausgedehnten Figurenreihen zu placiren oder das Neben- und Uebereinander der Scenen auch im Raume sichtbar zu machen; aber er benützt und theilt den Raum, in dem sich seine Figuren bewegen, durchaus nach Art einer Landkarte. Beim homerischen Schilde erwächst die Gliederung des Raumes gewissermassen organisch aus der Form und Fügung des Schildes selbst, und eben so erwächst aus den so gewonnenen räumlichen Abtheilungen die poetisch-künstlerische Idee des Ganzen. Das Eine ist ohne das Andere nicht denkbar, so dass wohl niemand die Frage zu beantworten wagen möchte, was früher war, der gegebene Raum oder die Idee, die ihn künstlerisch erfüllte. Hier also erscheint der griechische Geist in vollster Selbständigkeit, und so wird jetzt das Bild, von dem ich ausging, als durchaus berechtigt erscheinen, dass nemlich die Griechen auch in der Kunst von Asien wohl die Schrift entlehnten, dass sie aber trotzdem von Anfang an darin ihre eigene Sprache redeten.

Hiermit mögen die Erörterungen über den homerischen Schild vorläufig abgeschlossen sein. Mag er nun, in allem Detail ausgeführt, wie ihn der Dichter beschreibt, wirklich existirt haben oder nicht, so viel werden wir jedenfalls zugeben müssen, dass er nicht ein blosses Phantasiegebilde des Dichters ist, dass er unter den angegebenen Modalitäten auch in so alter Zeit existiren konnte, dass wenigstens Analoges damals sogar existiren musste. Trotzdem möchte dem Zweifel nicht alle Berechtigung abzusprechen sein, wenn der Schild als eine völlig vereinzelte Erscheinung dastände, wenn von Homer bis zu der uns historisch bekannten Zeit nichts zur Vergleichung vorläge und wenn sich in dem, was wir vergleichen können, ein Rückschritt, ein geringerer

Grad künstlerischer Entwicklung zeigte. Der Schild ist aber nur das erste Glied einer Kette, an der wir eine bestimmte Art griechischer Kunstübung bis in die Zeiten des Phidias verfolgen können.

Ich übergehe hier, was in einzelnen Fragmenten der Cykliker mehr angedeutet als ausgeführt vorliegt und wende mich sofort zu dem zweiten Hauptgliede jener Kette: dem hesiodischen Schilde des Herakles. Gegen diesen haben sich allerdings noch weit energischere Stimmen erhoben als gegen den homerischen, und es soll auch von vorn herein zugegeben werden, dass er eben so wenig ursprünglich hesiodisch, wie der andere homerisch sein mag. Man hat aber weiter behauptet, dass er nicht einmal in sich eine Einheit bilde, sondern dass er, wie im Extreme Deiters behauptet (de Hesiodia scuti Herculis descriptione, Bonn 1858) von nicht weniger als fünf verschiedenen Dichtern herrühre und ausserdem in diesen fünf Bestandtheilen noch vielfach interpolirt sei. Hat nun, darf man wohl sagen, ein solcher Rattenkönig in der griechischen Litteratur überhaupt eine innere Wahrscheinlichkeit für sich? Vielfache Interpolationen und darunter manche von bedeutenderem Umfange wird nach den Untersuchungen von G. Hermann, Lehrs und Deiters jetzt niemand mehr leugnen wollen. Aber mit derartigen Interpolationen hat es doch eine andere ‚Bewandtniss, als mit dem Einschieben vollständig neuer Scenen oder etwa einer späteren Anfügung der ganzen zweiten Hälfte. Weit naturgemässer erscheint es, dass, als einmal in den ursprünglichen Hesiod eine Schildbeschreibung eingefügt wurde, dieselbe sofort nach dem homerischen Vorbilde als ein vollständiges reich gegliedertes Ganzes eintrat, und dass die Interpolationen, so umfangreich sie sich nach und nach gestalten mochten, nur den Zweck verfolgen konnten, innerhalb der gegebenen Scenen das Einzelne zu erklären, zu ergänzen und weiter auszuführen oder auszuspinnen. Mir scheint aber, dass auch ausserdem der Maassstab der Kritik, den man angelegt hat, vielfach ein falscher und verfehlter ist. Auch beim hesiodischen Schilde werden wir festhalten müssen, dass ein Dichter beschreibt, dem gestattet sein muss, über das was dem bloss materiellen Auge vorliegt, in seiner Schilderung hinauszugehen, der z. B. vom Getöse der Waffen sprechen darf, obwohl es nur gehört, nicht gesehen werden kann, nur um dadurch den

18

lebendigen Eindruck der künstlerischen Darstellung anzudeuten. Wir können
ferner zugeben, dass der Dichter in der Kunst der Beschreibung unter
Homer steht, dass er gerade in der Nachahmung Homers seine eigene
Schwäche offenbart. Dagegen wird die Wiederkehr homerischer Phrasen,
ja ganzer Verse keineswegs immer ein Zeichen von Interpolation sein,
sondern in erster Linie nur von dem Einflusse homerischer Typik. Eben
so wenig kann durch die theilweise Uebereinstimmung der dargestellten
Scenen der Beweis weder für eine bloss poetische Fiction des Schildes
noch für ein allmähliches Zusammenstoppeln eben dieser Scenen
geliefert werden. Das Thema von Kampf und Streit und seinem Gegen-
satze, friedlicher Arbeit und frohem Lebensgenusse, welches beiden
Schilden gemeinsam ist, kann für Ausschmückung solcher Waffen kaum
passender erdacht werden und einmal angeschlagen hatte es alle Eigen-
schaften, für längere Zeit typisch zu werden. In der Ausführung aber
zeigt sich bei genauerer Betrachtung trotz der Uebereinstimmung im
Grundthema kaum eine Scene, die in beiden Schilden völlig übereinstimmte. — Endlich aber ist keineswegs zuzugestehen, dass das
Ganze überladen, dass Zusammengehöriges in der Beschreibung aus-
einandergerissen sei, dass überall nur Confusion herrsche, in der
ein übersichtlicher künstlerischer Gedanke nirgends zu erkennen sei.
Mochten immerhin Hermann und Lehrs, als der Archäologie fern
stehend, so urtheilen. Wenn aber Deiters, der seine Dissertation Jahn
dedicirt, den gegebenen Nachweis einer bestimmten Ordnung der Composition zu ignoriren oder in einer Note abzuweisen, sucht unter dem
Ausdrucke grosser Verwunderung darüber, dass die Archäologie überhaupt
eine solche Lösung nach Lehrs noch zu unternehmen wage, so zeigt
er damit nur, dass er von der Bedeutung speciell archäologischer
Gesetze bisher keine richtige Vorstellung gewonnen hat. Bei der Frage
über die Textesgestaltung des hesiodischen Schildes glaube ich der Archäologie einen sehr gewichtigen Antheil ausdrücklich wahren zu müssen.
Ob ein künstlerischer Gedanke, eine künstlerische Einheit der ganzen
Beschreibung zu Grunde liege, das hat zuerst die Archäologie zu erörtern
und nachzuweisen; und erst auf dieser Basis darf die Philologie zu
einer Prüfung der einzelnen Bestandtheile schreiten: sie wird und muss
irren, sofern sie diese Basis ignoriren will.

Vom ärchäologischen Standpunkte aus lassen sich aber zwei Resultate als gesichert hinstellen: 1) Aus der vorliegenden Beschreibung ergiebt sich, sobald erst das Grundschema richtig erkannt ist, ganz ungesucht eine in allen Hauptsachen klare und übersichtliche Composition, welche der des homerischen Schildes an strenger Regelmässigkeit und Gesetzmässigkeit nichts nachgiebt. 2) Das Grundschema zeigt im Verhältniss zu Homer einen Fortschritt der formellen Entwickelung, und zwar einen Fortschritt, welcher den aus noch erhaltenen Monumenten gewonnenen Thatsachen aufs Beste entspricht.

Es lässt sich weiter noch hinzufügen, dass dieser reguläre historische Fortschritt sich auch in der Wahl der Darstellungen zeigt. Zu den Scenen, welche den homerischen ihrem Wesen nach ziemlich entsprechen, gesellen sich an bedeutsamer Stelle einige, aber nur erst wenige mythologische Bilder: ausser Apoll und den Musen die Lapithen und Centauren sowie Perseus, also altbekannte und berühmte Mythen. Und auch in das Centrum tritt statt des etwas zu universellen homerischen Bildes etwas ganz Concretes, ein Symbol des Krieges und Streites, ein Drache, oder wie ich nach einem münchener Scholion vorziehe, das Gesicht des Phobos.

Das Grundschema selbst unterscheidet sich, wie ich in dem schon früher citirten Aufsatze kurz dargelegt habe, von dem homerischen dadurch, dass die fünf Hauptstreifen jedesmal durch einen schmalen wie durch eine Einfassung von einander geschieden werden, dass also zwischen die fünf breiteren vier schmale, bandartige Streifen dazwischentreten. In der Mitte also erscheint das Gesicht des Phobos, medusenartig umkränzt von zwölf Schlangen. Züge von Ebern und Löwen, wie sie oft genug auf alten Kunstwerken erscheinen, trennen dieses Centrum von dem zweiten (grösseren) Kreise, in dem sich sofort eine kriegerische und eine friedliche Scene scheiden: der Kampf der Lapithen und Centauren unter Dazwischenkunft des Ares und der Athene, und als Gegenbild Apoll und der Chor der Musen. Beide Scenen umschliesst in schmalem Kreise der Hafen mit Fischen und einem Fischer. Wiederum folgt Krieg und Frieden: die Mauer einer Stadt mit verzweifelnden Frauen, vor den Mauern betende Greise, dann das Kriegsgetümmel und endlich die Dämonen der Schlacht und des Todes; als Gegenbild ein

Hochzeitszug und Jubel unter Begleitung von Syrinx, von Leier und von Flöte in gesonderten Gruppen. Wieder umschliesst beide Bilder in schmalem Kreise ein Rennen zu Pferde. Nun folgen die vier Jahreszeiten, das Frühjahr nur durch Pflüger, der Winter nur durch eine Hasenjagd angedeutet, ausführlicher der Sommer und der Herbst. Wie bei Homer im zweiten und im dritten Kreise jede Hälfte in drei Unterabtheilungen zu zerfallen scheint, so dürfen wir bei Hesiod im dritten und vierten Kreise eben so eine Viertheilung annehmen. Auch diese reichen Scenen werden nun durch ein Wagenrennen umschlossen. Endlich umfasst das Ganze des Oceans Strömung durch Fische und Schwäne belebt. — Nur eine Scene habe ich hier übergangen: die Darstellung des von den Gorgonen verfolgten Perseus, die in der Beschreibung zwischen dem zweiten kleineren und dem dritten grösseren Kreise steht. Ich glaubte früher, wenn auch mit einem gewissen Widerwillen, sie mit dem letzteren und zwar mit der Kampfscene bei der angriffenen Stadt verbinden zu können. Jetzt theile ich sie vielmehr dem schmalen Kreise zu und gewinne dadurch nur eine neue Bestätigung für meine Grundansicht. Der Hafen mit Fischen und der einzigen Figur eines Fischers erscheint den übrigen Kreisen gegenüber etwas zu dürftig ausgestattet. In Monumenten aber sehen wir, wie Perseus von den Gorgonen verfolgt in gewaltigen Schritten über das Meer eilt. Diese wenigen Figuren mit ihren gedehnten Bewegungen füllen also sehr wohl einen grossen Theil des Rundes aus und bilden im Grunde mit dem Bilde des Hafens zusammen eine Einheit, die nur als solche von dem beschreibenden Dichter nicht erkannt war. Zugleich aber geben sie uns das mythische Bild eines Wettlaufes zu Fuss, mit dem sich das Rennen zu Pferde im folgenden, und das Rennen zu Wagen im zweitfolgenden Kreise in schöner Steigerung verbinden.

Damit aber wird jetzt auch die Bedeutung der schmaleren Streifen in einer Weise klar, dass in ihnen ein künstlerischer Fortschritt über das homerische Schema hinaus anerkannt werden muss. Die zahlreichen Figuren der grösseren Streifen, in drei Reihen ohne augenfällige Scheidung über einander gestellt, konnten das Auge leicht verwirren, und indem sie für die mathematische Gliederung des Raumes sämmtlich die Bedeutung von Radien zwischen Centrum und Peripherie hatten, musste fast nothwendig eine gewisse Einförmigkeit entstehen. Jetzt tritt durch die schmalen Streifen nicht nur eine bestimmte Scheidung ein, sondern in den nicht aufrecht wie Menschen einherschreitenden Ebern und Löwen, in dem gedehnten Laufe des Perseus und der Gorgonen, in dem gestreckten Carrière der Renner und Gespanne erhält auch so zu sagen jeder Strahlenkranz von Radien seine eigene ihn umschliessende Peripherie, und wir gewinnen dadurch reiche Abwechselung und Klarheit zugleich.

Das also ist die von philologischer Seite behauptete Confusion: ein vortrefflich ineinandergefügtes Doppelsystem von Linien, das hoffentlich niemand mehr zu zerstören wagen wird, der nur einigermassen einen Begriff von der Bedeutung künstlerischer Gesetze hat.

Auf die Art der Ausführung wird es nicht nöthig sein, hier im Einzelnen zurückzukommen. Im Ganzen haben wir sie der des homerischen Schildes entsprechend zu denken. Der Einfluss asiatischer Vorbilder wird auch hier noch sichtbar gewesen sein, und wem z. B. die andern Fischen nachjagenden Delphine im Hafenbilde auffällig sein sollten, den können wir auf Taf. 12, 42 und 43 bei Layard verweisen, wo in ganz analoger Weise Taschenkrebse Fische fangen. Für die nähere Verwandtschaft, welche der hesiodische Schild bereits mit noch erhaltenen griechischen oder diesen verwandten etruskischen Denkmälern hat, will ich nur den berühmten Leuchter von Cortona citiren, an dem das Mittelbild, das Gesicht des von Schlangen umgebenen Phobos, der diesen umschliessende Kreis von kämpfenden Thieren, endlich die Wellen des Meeres mit Delphinen darüber in sehr auffälliger Weise an Hesiod erinnern.

Weit kürzer als über die beiden Schilde kann ich von den übrigen Gliedern der Kette handeln, welche die homerische Kunst mit der einer späteren Zeit verknüpfen und ebenfalls in dem früher citirten Aufsatze von mir behandelt worden sind. Das dritte derselben ist der Kasten des Kypselos, den Pausanias V, 17 sq. ausführlich beschreibt. Ob Kypselos wirklich als Kind in demselben versteckt gewesen, kann uns hier gleichgültig sein: genug, dass sein Name an dem Werke haftete, welches vielleicht etwas älter, keinen Falls aber später als die 30—40. Olympiade sein kann. Es war eine Lade von länglicher Gestalt, von Cedernholz, mit Figuren in Relief von Elfenbein, Gold oder auch aus dem Holze selbst geschnitten, also in einer Technik gearbeitet, welche uns an die

homerische Zeit erinnert. Auch hier waren die Figuren auf einer Reihe
von Streifen vertheilt, nur dass dieselben nicht concentrisch, sondern
horizontal, einer über den andern, wie ich glaube nur an der Vorder-
seite, nicht auch auf den Nebenseiten geordnet waren, fünf an der Zahl,
von denen nur der mittlere ein einheitliches Schlachtbild, alle übrigen
mehrere Scenen, vier bis dreizehn, enthielten. In der Zusammenordnung
der verschiedenen Scenen herrscht dasselbe Princip strenger Entsprechung
im Raume, das wir auch an den Schilden fanden, und zwar scheint hier,
wo es sich um lang gedehnte Streifen handelte, der Nachdruck besonders
auf die Mittel- und auf die Eckgruppen theils durch grössere Aus-
dehnung, theils durch besonders hervortretende Scenerie gelegt zu sein.
In der Wahl der Darstellungen hat jetzt die Mythologie ein fast aus-
schliessliches Uebergewicht erlangt und neben vielen andern Scenen
kehren Apoll und die Musen, Perseus und die Gorgonen und ein Cen-
taurenkampf, die einzigen des hesiodischen Schildes, auch hier wieder.
Das Alltagsleben fehlt ganz, und nur in den Gruppen der Nacht mit
Schlaf und Tod, der Dike und Adikia, und der zwei Pharmakeutrien
erkennen wir dafür das Eintreten ganz anderer Anschauungen, nemlich
Beziehungen auf Mysterienglauben (vgl. Memorie dell' Instituto II, 383 sgg.).
Wer nun aber den homerischen und hesiodischen Compositionen Ueber-
fülle vorwerfen und dadurch ihre künstlerische Unmöglichkeit beweisen
will, den verweisen wir auf die mehr als dreissig verschiedenen Scenen,
die hier auf einer keineswegs grossen Fläche vereinigt sind. Hier, wo an
der einstigen Existenz kein Zweifel gestattet ist, bescheiden wir uns das
Factum hinzunehmen, und leben sogar des Glaubens, dass den Künstler
bei der Zusammenstellung der verschiedenen Scenen bestimmte poetische
Ideen geleitet haben, wenn wir auch bis jetzt kaum im Stande sind, die
ersten Spuren eines Zusammenhanges wirklich nachzuweisen. Was würden
die Tadler der beiden Schilde sagen, wenn auch dieses Kunstwerk uns
nicht durch einen trockenen Periegeten, sondern durch die blühende
Beschreibung eines Dichters erhalten wäre?

Wiederum schreiten wir um zwei bis drei Menschenalter vorwärts
und finden etwa in der Zeit des Krösus das Werk des Magnesiers Bathykles, den Thron des Apollo zu Amyklae bei Sparta, den ebenfalls
Pausanias III, 18 und 19 ausführlich beschreibt. Sein Reliefschmuck

bestand in 27 Scenen auf den drei Aussenseiten, 14 auf den Innenseiten und drei ausführlicheren Compositionen an der Basis des Bildes. Technik und Ausführung mögen etwas entwickelter, aber im Allgemeinen dem Kypseloskasten verwandt. gewesen sein. In der Zusammenstellung der Scenen finden wir dasselbe Gesetz räumlicher Entsprechung wie oben. Nach andern Seiten hin zeigen sich neue Fortschritte: die Reliefs finden sich nicht an einer Waffe, einem einfachen Geräthe oder Kasten, sondern an dem Throne eines Gottes. Dadurch ist es zuerst bedingt, dass die Reliefs mit Rundwerken inVerbindung treten: an den Füssen finden wir Chariten und Horen, Typhos und Echidna, und Tritonen; auf der Lehne Bathykles mit seinen Magnetern und auf den Ecken die Dioskuren zu Ross; darunter Sphinxe, Panther und Löwen. Ausserdem aber gewinnt das Ganze eine Beziehung zum Gotte selbst. Aeusserlich zwar ist die Verbindung noch locker: der Gott sitzt nicht auf seinem Throne, sondern er steht isolirt auf einer Art von Altar im Innern desselben, etwa wie ein Altar in Mitten der Chorstühle christlicher Kirchen. Aber in der Wahl der Darstellungen, wenigstens in den Hauptbildern, tritt die geistige Beziehung auf den Gott und auf seinen besondern Cultus hinreichend deutlich hervor. Es handelt sich nicht mehr um einen rein poetisch-künstlerischen Schmuck, sondern das Einzelne ordnet sich noch andern Zwecken und höhern Ideen unter. — So bereitet sich hier vor, was uns endlich im Zeus des Phidias vollendet vor Augen steht. Sein Thron ist reich geschmückt; die Füsse sind durch Victorien gebildet; die Armlehnen stützen Sphinxe mit thebanischen Jünglingen; auf den Ecken der Rücklehne stehen die Grazien und die Horen; an den Querhölzern des Thrones sind in Relief dargestellt die Kampfarten der olympischen Spiele, eine ausgedehnte Amazonenschlacht und der Tod der Niobiden; die untere Verkleidung des Thrones ist mit neun gemalten Gruppen geschmückt. Am Schemel finden wir wieder eine Amazonenschlacht, und an der Basis die Geburt der Aphrodite in Mitten einer Götterversammlung: also wenn auch nicht eine solche Fülle von Scenen, wie am Thron zu Amyklae, doch reichsten Figurenschmuck. Aber aller dieser Schmuck hat keine Bedeutung mehr für sich allein, er ist untergeordnet dem gewaltigen Gotte, geistig und materiell; alles dient nur einem höheren Zwecke, in dem die höchsten Forderungen der Religion und der Kunst sich decken und sich gleichzeitig erfüllen.

So sind wir von Homer bis zu Phidias, bis zum Höhepunkte der griechischen Kunst gelangt, ohne einer Lücke zu begegnen, die nur durch einen gefährlichen Sprung zu überwinden wäre. Mag am Anfang unserer Reihe die Ausführung der künstlerischen Gedanken die kindlichste, unselbständigste, am Schlusse die vollendetste gewesen sein, die sich denken lässt, so zeigt sich doch überall nur eine durchgehende geistige Entwickelung, ein ununterbrochener Fortschritt, und nur gewaltsam liessen sich die ersten Glieder der Kette von den folgenden ablösen. Ja, das mittlere Glied, der Kasten des Kypselos, würde ohne die beiden vorhergehenden und an den Anfang der historischen Entwickelung gestellt, uns noch viel unbegreiflicher und räthselhafter erscheinen müssen, als je der Schild bei Homer erschienen ist.

Leicht liesse sich das Bild dieser Entwickelung von Homer bis in die Blüthezeit aus andern Gebieten ergänzen und weiter ausführen. Nächst dem Schilde werden bei Homer nicht genau beschrieben, aber doch als besonders kunstreich erwähnt, kostbare Mischgefässe, Dreifüsse und ähnliches. Aus der Zeit ältester historischer Kunstübung aber erwähnen namentlich Herodot und Pausanias: einen auf kolossalen Figuren ruhenden Krater in das Heraeon von Samos um Ol. 37 geweiht; einen Krater mit kunstreichem Untersatz, ein Werk des Glaukos von Chios, um Ol. 45 von Alyattes nach Delphi geweiht; unter den delphischen Weihgeschenken des Krösus ebenfalls einen Krater des Theodoros, dem auch andere Werke decorativer Kunst, ein goldener Weinstock (der schon in der kleinen Ilias sein Vorbild hat: Schol. Eur. Troad. 822) und eine goldene Platane beigelegt werden. Und noch unmittelbar nach der Schlacht bei Plataeae weihen die Griechen nach Delphi $\chi\varrho\upsilon\sigma o\tilde{\upsilon}\nu$ $\tau\varrho i\pi o\delta\alpha$ $\delta\varrho\acute{\alpha}\varkappa o\nu\tau\iota$ $\dot{\epsilon}\pi\iota\varkappa\epsilon i\mu\epsilon\nu o\nu$ $\chi\alpha\lambda\varkappa\tilde{\omega}$, die in letzter Zeit so viel genannte Schlangensäule. — Also auch bei dieser Reihe werden wir wieder auf Homer und homerische $\dot{\alpha}\varrho\chi\acute{\epsilon}\tau\upsilon\pi\alpha$ zurückgewiesen, und seine Nachrichten treten uns entgegen als die Ausgangspunkte einer stetigen consequenten Entwickelung der Kunst, allerdings aber nur in dem Umfang und der Begrenzung, die wir Anfangs festgestellt hatten.

Dieser Begrenzung aber werden wir uns wieder erinnern müssen, wenn wir jetzt noch ganz kurz den zweiten Theil unserer Aufgabe ins Auge fassen, nemlich den scheinbaren Widerspruch zu lösen, der darin liegt, dass die Nachrichten der Alten über die ersten namhaften Künstler und eine fortschreitende Entwickelung der Kunst erst um die 50. Ol., beginnen.

In der Marmorsculptur tritt uns zuerst die Schule von Chios entgegen, die bis in den Anfang der dreissiger Olympiaden hinaufreicht, aber erst in der dritten und vierten Generation durch Archermos, Bupalos und Athenis, Ol. 50—60, berühmt wird. Die kretischen Daedaliden Dipoenos und Skyllis blühen bald nach Ol. 50. Glaukos von Chios soll zwar nach Eusebius Angabe die Löthung des Eisens schon Ol. 22 erfunden haben; sein berühmter eiserner Untersatz aber wurde erst um Ol. 43. von Alyattes nach Delphi geweiht, und statuarische Werke werden von ihm nicht einmal angeführt. So bleiben (abgesehen von den sagenhaften Eucheir, Diopos und Eugrammos und dem wohl historischen, aber chronologisch nicht bestimmbaren Butades) nur noch der Athener Endoeos, der Aeginet Smilis und die beiden Samier Theodoros und Rhoekos übrig, die ich den ebengenannten Chiern und Kretern gleichzeitig erachte, die aber von andern etwas früher, von einzelnen bis gegen den Anfang der Olympiaden zurückdatirt wurden. Sollen nun diese Namen dort ganz isolirt stehen, von den andern durch einen Zeitraum von mehr als einem Jahrhundert getrennt, das in der Ueberlieferung vollkommen leer geblieben wäre, während diese erst von der 50. Ol. an eine ununterbrochene Folge darbietet? Das ist gewiss nicht wahrscheinlich und lässt sich ausserdem durch eine Prüfung der einzelnen Zeugnisse widerlegen, die aber besser in einem abgesonderten Kapitel am Ende dieser Abhandlung angestellt werden wird. Genug, zwischen der 30. und 50. Olympiade finden sich einzelne Namen, aber erst in der 50. mehren sie sich, lassen sich gruppiren und überhaupt für die Anfänge einer Entwickelungsgeschichte benutzen.

Um es nun kurz zu sagen: diese neue Entwickelungsgeschichte hat es nicht zu thun mit den Anfängen griechischer Kunst überhaupt, sondern mit der beginnenden Entwickelung der statuarischen Kunst. Was wir bisher betrachtet, gehört durchaus der decorativen Kunst

an, die noch in enger Verbindung, man kann fast sagen, im Dienste
des Handwerks steht. Mag sich auch hier das griechische Kunstgefühl
schon glänzend offenbaren, die höheren Gesetze der Kunst können doch
nur erst in beschränktem Maasse zur Anwendung kommen. Es handelt
sich in erster Linie darum, einen Raum (so zu sagen) mathematisch
oder architektonisch; in zweiter, ihn bedeutsam zu füllen. Die Figuren
sollen etwas bedeuten, vorstellen, sollen handeln. Die Frische des Ge-
dankens ist wichtiger, als die volle Kunstmässigkeit der Ausführung.
So ist denn eine solche Kunstübung recht wohl schon möglich bei Halb-
barbaren, bei Nomaden und Hirtenvölkern; und selbst bei civilisirten
Völkern kann sie fast unberührt von der übrigen Kunstentwickelung
oder wenigstens mit relativ grosser Selbständigkeit neben derselben in
gewissen beschränkten Kreisen und Gebieten bestehen. Ich erinnere
nur an schwarzwälder oder schweizerische Holzschnitzereien. Aber wird
ein solcher Schwarzwälder, der ein niedliches Figürchen, einen Bauer,
einen Jäger oder ein Jagdrelief recht hübsch und sauber schnitzt,
auch eine lebensgrosse Statue durchzubilden im Stande seien? Keineswegs. Hier gibt es andere und neue Forderungen zu befriedigen, neue
Techniken, neue Formen und Ideen zu entwickeln. Die Menschengestalt
ist nicht mehr blosses Mittel, ihre Darstellung wird Selbstzweck oder
strebt es zu werden. Damit aber beginnt eine ganz neue Kunst, und für
diese finden wir noch keine Anknüpfungspunkte bei Homer. Selbst der
mythische Dädalos, an dessen Namen die Sage die ersten Regungen auf
dem Gebiete statuarischer Kunst anknüpft, ist als Bildhauer bei Homer
noch unbekannt. Also erst nach Homer entstanden jene dädalischen
Gestalten, von denen Pausanias II, 4, 5 sagt: ἀτοπώτερα μέν ἐστιν ἔτι
τὴν ὄψιν, ἐπιπρέπει δὲ ὅμως τι καὶ ἔνθεον τούτοις, jene ersten Versuche,
in denen aber doch die künstlerische Idee wenigstens im Keime enthalten
sein musste. Erst auf dieser Basis beginnt nun der eigentliche historische Entwicklungsprocess der Sculptur, sobald man anfängt, die ersten
Versuche weiter auszubilden. Er ist zunächst ein langsamer, der anfangs hinter der decorativen Kunst zurückbleibt und ganz abgesonderte
Wege geht. Es ist für die Entwickelung etwas Grosses, wenn Rhoekos
und Theodoros den Erzguss erfinden; aber während Theodoros in der
von Homer ausgehenden Kunstrichtung, in kunstvollen Mischgefässen

und Aehnlichem, bereits hohen Ruhm erwirbt, erscheint ein Gusswerk des Rhoekos dem Pausanias mindestens noch unbeholfen. Ein anderer grosser Fortschritt liegt in der Ausbildung der Marmorsculptur. Was aber etwa die kretischen Dädaliden darin leisteten, das lehrt uns vielleicht kein Werk besser, als der Apoll von Tenea in der hiesigen Glyptothek. Wir verkennen keineswegs, dass in dieser urechten alterthümlichen Simplicität bereits die Keime der späteren glänzenden Entwickelung enthalten sind; aber wir lernen auch gerade an einem solchen Werke erkennen, welche Schwierigkeiten sich ihr anfangs entgegenstellten und zu überwinden waren. Es war zunächst die Technik zu vervollkommnen, das Material, sei es Bronze, Marmor, Gold und Elfenbein, dem Willen des Künstlers vollkommen zu unterwerfen. Es waren die Formen des Körpers an sich und in der wechselvollen Gestaltung lebendiger Bewegung gründlich zu erforschen. Es waren die hohen geistigen Ideen von den Fesseln conventioneller oder religiöser Schranken zu befreien. In etwa anderthalb Jahrhunderten legt die statuarische Kunst diesen ihren Weg zurück. Und als sie endlich ihr Ziel erreicht, da hat sie die anfangs voraneilende und dann lange Zeit getrennt neben ihr herlaufende Entwickelung der decorativen Kunst zwar überholt, aber nicht vernichtet und ertödtet, sondern in sich aufgenommen, und in einer Athene, einem Zeus des Phidias sind beide Richtungen zu einer höheren Einheit, zur höchsten Vollendung verschmolzen.

II.

Zur Chronologie der ältesten Künstler.

Der zweite Theil dieser Abhandlung hat den Zweck, die Voraussetzung, dass die Geschichte der statuarischen Kunst bei den Griechen erst gegen die 50. Olympiade beginnt, eingehender zu rechtfertigen. Bei der Schwierigkeit der Untersuchungen über die Zeit der ältesten Künstler, namentlich über Rhoekos und Theodoros, Smilis und Endoeos, ist nemlich trotz zahlreicher Erörterungen ein allgemeines Einverständniss bisher noch immer nicht erzielt worden. Um von den früheren Studien zu schweigen, so folgte auf meine eigenen Untersuchungen im ersten Bande der Künstlergeschichte S. 30 ff. ein Sendschreiben von Urlichs an mich im Rhein. Mus. N. F. X, S. 1 ff., dessen Resultate ich noch im zweiten Theile der Künstlergeschichte S. 344 und 380 ff. der Prüfung unterziehen konnte. Weitere abweichende Ansichten entwickelte sodann Bursian in den Jahrb. f. Philol. 73, S. 508 ff., und zuletzt kehrte Urlichs in den Beilagen zu seiner Schrift über Skopas nochmals zur Besprechung dieser Fragen der ältesten Künstlergeschichte zurück. Ich muss gestehen, dass der Widerspruch beider Gelehrten mich in meinen früheren Ansichten nicht hat wankend machen können; und die Wichtigkeit der hier in Betracht kommenden Fragen wird es daher gerechtfertigt erscheinen lassen, wenn ich dieselben hier nochmals in grösserem Zusammenhange zu vertheidigen unternehme. Es handelt sich dabei um eine Reihe einzelner Untersuchungen, die zunächst von einander unabhängig geführt werden müssen, über die ich jedoch eine allgemeine Bemerkung vorausschicken will.

Bei der Spärlichkeit unserer directen Quellen über die ältesten Künstler und Bauwerke ist gewiss der Wunsch gerechtfertigt, dieselben durch Herbeiziehung anderer mehr indirecter Nachrichten zu ergänzen; und so hat namentlich Urlichs vielfach die allgemeinen politischen Verhältnisse, sowie die Localgeschichte der Orte, an denen die verschiedenen Künstler arbeiteten, in seine Erörterungen hineingezogen. Dass dieselben dadurch nicht selten an Frische gewinnen, dass manche sonstige Vermuthung durch die Hinweisung auf politische Verhältnisse einen erhöhten Grad von Wahrscheinlichkeit zu erhalten vermag, soll keineswegs in Abrede gestellt werden. Aber eben so wenig ist die grosse Gefahr zu verkennen, die in einer zu weiten Anwendung dieser Methode liegt, indem sie unwillkürlich dazu treibt, überall Zusammenhang herstellen zu wollen, wo unser Wissen nun einmal Stückwerk ist. Dieser Gefahr ist, wie mir scheint, Urlichs namentlich in seinen letzten Erörterungen verfallen, und so unerfreulich es ist, eine fast nur negative Kritik zu üben, so erachte ich es doch im Interesse der Wissenschaft für geboten, den grössten Theil seiner scheinbaren Bereicherungen unseres Wissens wieder zu beseitigen und die Untersuchung auf diejenigen Elemente zurückzuführen, welche, so lückenhaft sie auch sein mögen, doch als die einzigen positiv gegebenen betrachtet werden dürfen.

Rhoekos und Theodoros.

Die Hauptdifferenz zwischen Urlichs und mir liegt darin, dass ich nur einen Theodoros, Sohn des Telekles und Genossen des Rhoekos, anerkenne, dessen Thätigkeit gegen die 50. Ol. beginne; Urlichs dagegen den Rhoekos für den Vater eines älteren Theodoros und des Telekles hält, der wiederum einen jüngern Theodoros zum Sohne gehabt, so dass Rhoekos schon vor Ol. 40, der erste Theodoros zwischen Ol. 40 und 50, der zweite nach Ol. 50 thätig gewesen sei. Die älteste Zeitbestimmung soll uns liefern:

Das Heraeon zu Samos.

Urlichs behauptet nemlich, dass Rhoekos schon deshalb vor die 40. Ol. hinaufzurücken sei, weil der bekannte Krater des Kolaeos (Herodot. IV, 152) bereits Ol. 37 in dem von Rhoekos erbauten Tempel der Hera zu Samos geweiht worden sei. Die Gründe, die ich (II, 381) dagegen geltend machte, findet Bursian (73, 510) wenig überzeugend: „denn wenn Brunn das von Rhoekos erbaute Heraeon für verschieden hält von dem früheren, in welches jenes Weihgeschenk um Ol. 37 geweiht wurde, so wiederspricht dem, dass wir nirgends bei den Alten von einem Umbau des Tempels lesen: es ist immer nur von dem Heraeon die Rede, und dies wird als ein sehr alter Tempel bezeichnet." Hiermit ist indessen meine Beweisführung in keiner Weise widerlegt; vielmehr verfällt Bursian in einen starken Irrthum, indem er Heiligthum und Tempelgebäude als sich völlig deckende Begriffe behandelt. Herodot nennt den Krater geweiht ἐς τὸ Ἡραῖον, das „Heiligthum der Here", ohne Beziehung auf das Tempelgebäude, das er z. B. II, 182 bei Gelegenheit der Weihgeschenke des Amasis genau bezeichnet: ἐν τῷ νηῷ τῷ μεγάλῳ... ὄπισθε τῶν θυρίων. Das „Heiligthum" aber war der Sage nach schon von den Argonauten (Paus. VII, 4, 4) oder von den Lelegern (Athen. XV, 672 B) gegründet, also jedenfalls älter als Rhoekos. Damit aber ist die Existenz eines eben so alten Tempelbaues im späteren architektonischen Sinne des Wortes keineswegs gegeben, und die Alten hatten deshalb auch von einem „Umbau" nichts zu berichten, als an die Stelle des architektonisch nicht in Betracht kommenden ältesten Cultuslocals der Tempel des Rhoekos trat. Er war der erste eigentliche Tempel, wie das offenbar für denselben gearbeitete Bild des Smilis die erste Statue der Göttin

im Gegensatz zu dem ältesten brettartigen Idol. Ich darf also wohl
hoffen, dass man bei der Zeitbestimmung des Rhoekos mir jene Erwähnung des Herodot nicht nochmals entgegenhalten wird. — Die Untersuchungen über Theodoros führen uns zunächst auf:
Die Baugeschichte des ephesischen und des milesischen Tempels.

Um den Nachweis zu liefern, dass der „ältere Theodoros" bereits
um die 40. Olympiade thätig gewesen sei, geht Urlichs in der zweiten
Beilage zu seiner Schrift über Skopas ausführlich auf die Geschichte
des ephesischen Tempels ein und bespricht namentlich auch die Zerstörung desselben durch Herostrat und den Neubau des Deinokrates.
Obwohl sich auch hier gegen manche Einzelnheiten Einwendungen
erheben liessen, so liegen dieselben doch meiner augenblicklichen Aufgabe fern, und ich will vielmehr gern zugestehen, dass in den betreffenden
Abschnitten Urlichs manches neue Resultat gewonnen und einzelne Irrthümer, die ich mir hatte zu Schulden kommen lassen, überzeugend
berichtigt hat. Ich beschränke meine Erörterungen auf diejenigen Punkte,
die für die Zeitbestimmung des ältern Baues von Wichtigkeit sind oder
sein sollen.

Die Thüren des neueren Tempels in Ephesos. Grossen Werth
legt Urlichs (S. 248) auf die Nachricht des Theophrast (hist. plant. V,
4, 2), wonach das Cypressenholz zu den Thüren des neueren Tempels
vor seiner Benützung vier Generationen gelegen hatte. Offenbar nemlich
sei dasselbe bei der Vollendung des älteren Tempels übrig geblieben und
aufbewahrt worden, und es seien also vom Beginne des Neubaues zurück
bis zur Vollendung des früheren vier Generationen zu rechnen, die er
zu $133^{1}/_{3}$ Jahren annimmt. „Rechnet man von dem Jahre des Brandes
selbst, worin der Plan und die Ueberschau der bereiten Mittel auf
jenen alten Holzvorrath führte, 4 Jahre weiter (denn so lange blieb die
Thür im Leim), so erhält man $137^{1}/_{3}$ Jahre, und diese von Ol. 106,1
abgezogen, für die Vollendung oder Einweihung des Tempels Ol. 72,1;
lässt man sie ausser Acht, was wohl das Richtigere sein wird, Ol. 71,1,
also, da nach Plin. 36, 95 der Bau 120 Jahre gedauert hatte, für dessen
Beginn Ol. 41—42 ..." Allein 1) was berechtigt uns, vom Beginne des
Baues, von Ol. 106,1 an zu rechnen? Die Verfertigung der Thüren ward
erst nöthig, als Säulen und Cellenmauern standen, und ehe man sie

aufstellte, musste, wenn auch nicht das Dach, doch wenigstens die Decke fertig sein, da man die Holzthür sicher nicht dem vollen Einflusse der Witterung ausgesetzt haben würde. Da nun auch nach Urlichs der Tempel Ol. 112,1 noch nicht fertig gewesen zu sein scheint, so konnte die Thür recht wohl erst gegen diese Zeit gefertigt worden sein. 2) Urlichs rechnet das Menschenalter zu $33^{1}/_{3}$ Jahren; eben so berechtigt wäre es 30 Jahre anzunehmen, also für vier Generationen reichlich drei Olympiaden weniger. Aber die ganze Rechnung nach $\gamma\varepsilon\nu\varepsilon\alpha\grave{\iota}$ ist überhaupt eine äusserst schwankende (vgl. meine Kstlgesch. I, 38 und 89). Nehme ich z. B. an, mein Urgrossvater habe in seinen besten Jahren, etwa im Geburtsjahre meines Grossvaters ein Depôt errichtet, das ich jetzt verwenden wolle, so würde nach der Rechnungsweise der Alten ein Ausdruck wie der des Theophrast vollständig berechtigt sein, und doch betrügen die vier Generationen nicht 120, sondern nur 100 Jahre. 3) nennt Urlichs selbst das Cypressenholz „überschüssiges“: es lag also bei Vollendung des ersten Baues vorräthig da; denn man wird damals nicht frisches Holz für unbekannte Zwecke angeschafft, sondern nur das vorhandene, eben weil es vorhanden war, aufbewahrt haben. Wie lange es schon dalag, ob 10, ob 20 Jahre, wissen wir nicht; jedenfalls ist der Anfangstermin der vier $\gamma\varepsilon\nu\varepsilon\alpha\grave{\iota}$ nicht gleichzeitig mit der Vollendung des Tempels, sondern etwas früher anzusetzen. Endlich aber 4) wo steht denn geschrieben, dass das Holz von den Vorräthen des ersten Baues herrühre? Auch das ist nur eine Vermuthung, die zwar möglich, aber keineswegs nothwendig ist. Nach allen diesen Bedenken ist es klar, dass die Notiz des Theophrast für eine genauere chronologische Bestimmung des Tempelbaues ohne Werth ist. —

„Doch“, fährt Urlichs (S. 249) fort, „es ist besser, wir gehen in der Geschichte des älteren Tempels rückwärts hinauf.“ Folgen wir ihm darin, so begegnen wir zunächst als dem letzten Architekten desselben dem Paeonios von Ephesus, der auch als Baumeister des Didymaeon bei Milet genannt wird. Dadurch werden wir auf die Geschichte dieses Heiligthums geführt, auf die wir auch wegen der freilich nicht streng hierher gehörigen Frage über den Apollo des Kanachos etwas näher eingehen wollen.

Die Zerstörung des älteren Didymaeon bei Milet. Das alte

Heiligthum der Branchiden wurde nach Herodot VI, 19 im dritten Jahre
der 71. Ol. bei der Einnahme Milets durch Darius ausgeplündert und
verbrannt. Von dieser Nachricht abgesehen sprechen aber andere Berichte
von einer Zerstörung und Plünderung unter Xerxes; und es fragt sich
daher, ob wir eine doppelte Zerstörung anzunehmen oder die Berichte
über die zweite als irrthümlich und auf blosser Verwechselung mit der
ersten beruhend zu verwerfen haben. Soldan (Ztsch. f. d. AW. 1841,
N. 69) und nach ihm Urlichs (Rhein. Mus. X, 7 ff.) entscheiden sich
für die zweite Annahme gegen O. Müller (Kl. Schr. II, 540) und mich
(Kstlgesch. I, 74). Prüfen wir unbefangen die Berichte. Herodot sagt:
Tempel und Orakel wurden geplündert und in Brand gesteckt. Die
Bewohner von Milet wurden nach Susa geführt und dann im Ampe am
Ausflusse des Tigris in den persischen Meerbusen angesiedelt. Milet
selbst nahmen die Perser in Besitz; die darüber liegenden Höhen gaben
sie den Kariern von Pedasa.

Dagegen berichtet Pausanias (VIII, 46, 3; vgl. I, 16, 3), Xerxes
habe den Milesiern den Apollokoloss des Kanachos genommen αἰτίαν
ἐπενεγκὼν Μιλησίοις ἐθελοκακῆσαι σφᾶς ἐναντία Ἀθηναίων ἐν τῇ Ἑλλάδι
ναυμαχήσαντας. In diesen Worten scheint allerdings die Schlacht von
Salamis gemeint zu sein. Lesen wir aber bei Herodot (VIII, 85), dass
in derselben nur wenige der Ionier abfielen, die Mehrzahl nicht, dagegen
IX, 99 und 104, dass in der Schlacht von Mykale der Abfall der Ionier
gerade durch die Milesier veranlasst wurde, so liegt die Vermuthung
nahe, dass die Nachricht des Pausanias auf diese letztere zu beziehen
ist. — Aber noch eine ältere Quelle führt uns auf die Zeit des Xerxes.
Strabo XIV, 634 berichtet über das Orakel der Branchiden: ἐνεπρήσθη
ὑπὸ Ξέρξου, καθάπερ καὶ τὰ ἄλλα ἱερὰ πλὴν τοῦ ἐν Ἐφέσῳ· οἱ δὲ Βραγχίδαι τοὺς θησαυροὺς τοῦ θεοῦ παραδόντες τῷ Πέρσῃ φεύγοντι συναπῆραν…
vgl. XV, 814 und Suidas v. Βραγχίδαι. Ergänzt wird diese Nachricht
durch die weitere Erzählung bei Suidas, Strabo XI, 518 und Curtius
VII, 5, 28, dass die Verräther des Tempels, um nicht der Rache der
Griechen ausgesetzt zu sein, von Xerxes in Sogdiana angesiedelt, später
aber doch von Alexander eben wegen dieses Frevels vernichtet worden
seien. — So sprechen also unsere Quellen von einer doppelten Plünderung, deren erste unter Darius die Ansiedlung der Milesier in Ampe,

die zweite unter Xerxes die der Branchiden in Sogdiana zur Folge gehabt.

Gegen die Ansicht, dass beide Angaben neben einander bestehen können, sucht nun Urlichs (S. 8) Folgendes geltend zu machen: „Ist es aber schon an sich ein unwahrscheinlicher Versuch, zwei widersprechende Angaben über ein Ereigniss, von dessen Wiederholung keine von beiden etwas weiss, zu verschmelzen; so fällt er hier besonders unglücklich aus, da die nach der Zerstörung um Milet wohnenden Tempelhüter die Karer von Pedasa waren, die doch gewiss nicht in einem den Persern feindlichen Lande einen ehernen Koloss bestellt haben werden." Hiergegen ist indessen mancherlei zu erinnern. Zur Zeit des Darius stand keineswegs ganz Griechenland gegen die Perser in Waffen, und auch unter Xerxes kämpften namentlich die Thebaner auf Seiten der Feinde Griechenlands. Wenn wir nun hören, dass der milesische Apollo, abgesehen von dem Unterschiede des Materials, mit dem ismenischen in Theben, der ebenfalls ein Werk des Kanachos war, völlig übereinstimmte (Paus. IX, 10, 2), haben wir da Grund uns zu verwundern, wenn der Künstler, der für die persisch gesinnten Thebaner arbeitete, auch für die Perser-freundlichen Branchiden thätig war, abgesehen davon, dass ja vielleicht gerade durch Vermittelung der Thebaner das Bild nach Milet gelangen konnte etwa als eine Art Ersatz, den der ismenische Gott dem so schwer geschädigten milesischen nach der ersten Verwüstung seines Heiligthums sandte? — Weiter aber kann es keineswegs auffallen, wenn Herodot von der zweiten Plünderung des Tempels nicht spricht: seine Geschichte bricht mit der Schlacht von Mykale ab: er sagt nichts von dem Geschick, welches die ionischen Städte in der nächstfolgenden Zeit traf, in welche gerade jener Verrath der Branchiden fallen musste. Wenn dagegen die übrigen Gewährsmänner nur von den Begebenheiten unter Xerxes, nicht unter Darius sprechen, so kann dies sehr wohl seinen Grund darin haben, dass die erste Verwüstung unter Darius als eine theilweise, die wenigstens den Fortbestand des Orakels nicht unterbrach, in den Hintergrund trat gegen die zweite Plünderung unter Xerxes, welche eine vollständige Erneuerung des Orakels und des Tempels nöthig machte. Eine wenigstens indirecte Bestätigung gewinnt diese Auffassung durch einen Blick auf den weiten Umfang des Heilig-

34

thums. Nach Strabo XIV, 634 umfasste der σηκὸς des Tempels ein ganzes
Dorf; ἄλλοι δὲ σηκοὶ τὸ μαντεῖον καὶ τὰ ἱερὰ συνέχουσιν. Es wird also
so wenig wie die Stadt Milet durch Darius mit einem Schlage völlig
vernichtet worden sein.

Soldan (S. 572) will denn auch die von Herodot abweichenden
Nachrichten, obwohl er hinsichtlich der Erzählungen über die Zerstörung
der Stadt in Sogdiana einige Zweifel hegt, nicht absolut verwerfen, sondern denkt sich das Verhältniss so, dass zwar nicht die echten Branchiden unter Xerxes die Schätze verrathen, aber dass doch die Karer
eben durch die Besitznahme des Heiligthums unter Darius an dem Gotte
gefrevelt und sich deshalb nach der Niederlage des Xerxes der Rache
der Ionier durch die Flucht entzogen hätten. Doch scheint mir auch
noch eine andere Auffassung der Sachlage möglich. Wenn nemlich' die
Worte Herodots, dass οἱ ζωγρηθέντες τῶν Μιλησίων weggeführt wurden,
auch nicht den vollen Beweis dafür liefern, dass keineswegs alle Bewohner weggeführt wurden, indem es vorher, wenn auch nicht in directer
Satzverbindung heisst: ἄνδρες μὲν οἱ πλεῦνες ἐκτείνοντο ὑπὸ τῶν Περσέων,
so müssen wir doch eine nur theilweise Uebersiedelung aus dem Umstande folgern, dass es zwanzig Jahre später eine nicht unbedeutende
griechisch - milesische Streitmacht giebt, die in Folge der Schlacht bei
Mykale von Xerxes abfällt (Herod. IX, 99 und 104). Die weiteren
Worte, dass die Perser εἶχον τὰ περὶ τὴν πόλιν καὶ τὸ πεδίον, besagen
also wohl nur, dass die Regierung und Verwaltung persisch wurden,
etwa durch eine Besatzung und persische Beamte vertreten, während
der Besitz der Höhen den Kariern von Pedasa zugesprochen wurde.
Dass auch die Branchiden mit fortgeführt worden seien, wird wenigstens
nicht ausdrücklich gesagt; und eben so wenig ist sicher, dass das nahe
am Meere gelegene Orakel in den Besitz der Pedasäer gelangte, denen
wahrscheinlich nur das mehr landeinwärts gelegene Gebiet zufiel. Denken
wir uns nun in die damaligen Verhältnisse Milets hinein, wo sich an-
gesichts der persischen Herrschaft fast nothwendig eine augenblicklich
unterdrückte nationale und eine dem Erfolg huldigende oder wenigstens
der Macht der Thatsachen Rechnung tragende Partei scheiden mussten,
so wird es als keineswegs unmöglich erscheinen, dass die Priesterschaft
der Branchiden ihren Vortheil in dem Anschlusse an die neuen Macht-

haber zu finden geglaubt habe. Ja wir dürfen vielleicht eine Nachricht bei Tacitus Ann. III, 26 hierher ziehen, in welcher von Schutz und Begünstigung des Heiligthums durch Darius die Rede ist, der ihm das Asylrecht verliehen, bestätigt oder erweitert zu haben scheint. Je mehr nun die Branchiden durch die Perser materiell gewannen und sich ihnen dafür in religiös-politischer Beziehung wieder dankbar erweisen mochten, um so mehr mussten sie den National-Gesinnten verhasst werden; und so wird ihr Entschluss erklärlich, nach dem 'Sturze der Macht des Xerxes sich der Rache der Hellenen durch die Flucht zu entziehen und die fernere Gunst des Xerxes durch die Mitführung der Tempelschätze zu sichern. So erklärt es sich auch, dass sie ihre neue Ansiedlung (parvulum oppidum nach Curtius) Branchidae nannten, wozu für karische Flüchtlinge kaum ein Anlass gegeben wäre, und dass sie sich bei Alexanders Ankunft, obwohl iam bilingues, doch noch als Milesier betrachteten.

Ich hoffe, dass man dieser Darlegung einen gewissen Grad innerer Wahrscheinlichkeit nicht absprechen wird. Sollte man aber schliesslich Nachdruck darauf legen, dass bei der Erzählung von der Rache Alexanders an den Branchiden für Strabo „der tragisch ausschmückende Kallisthenes und der lügnerische Onesicritus," für Curtius „der unzuverlässige 'Klitarchus" Quelle gewesen sei, so ist dagegen zu betonen, dass Strabo die Nachricht von der Flucht der Branchiden offenbar aus bester Quelle, aus den Ueberlieferungen im Heiligthume selbst schöpfte, und dass eben so Pausanias die Angabe von der Wegführung des Apollokolosses durch Xerxes an Ort und Stelle vernommen haben wird. Solchen Zeugen aber den Glauben zu versagen, würde mehr als bedenklich sein; es hiesse fast, die Möglichkeit historischer Forschung überhaupt aufgeben.

Der Neubau des Didymaeon. Die weitere Frage ist jetzt, wann der Neubau des Tempels begonnen wurde. Die Möglichkeit, dass es bald nach der Schlacht bei Mykale geschehen, lässt sich allerdings nicht leugnen; aber eben so wenig lässt sich beweisen, dass es nothwendig der Fall sein musste, und sicher ist, dass sich die friedlichen Verhältnisse erst durch die Schlacht am Eurymedon, also zehn Jahre später, consolidirten. Ich hatte ferner (Kstlg. II, 382) geglaubt, aus den Worten

36

des Herodot (I, 157): *ἦν γὰρ αὐτόθι (ἐν Βραγχίδῃσι) μαντήϊον ἐκ παλαιοῦ ἱδρυμένον, τῷ Ἰωνές τε πάντες καὶ Αἰολέες ἐώθεσαν χρέεσθαι*, folgern zu müssen, „dass, als Herodot sich noch in Asien aufhielt, das Heiligthum noch nicht wieder hergestellt war.“ Urlichs bemerkt dagegen (Skopas S. 249), dass, wenn aus jenen Worten überhaupt für den Wiederbau etwas gefolgert werden solle, nicht von Herodot's Aufenthalt in Asien sondern von der Zeit der Abfassung seines Werkes auszugehen sei, dass aber dann der Archikt Päonios an die 90. Olympiade herunterrücke, was unmöglich sei. Allerdings hätte ich sagen sollen, dass, als Herodot jene Worte schrieb, das Heiligthum noch nicht hergestellt war. Dadurch aber werden wir keineswegs gegen das Lebensende des Herodot hingeführt. Es ist nemlich auffallend, dass dieser I, 157 jene Worte beifügt, während er schon früher des Orakels zweimal (I, 46 und 92) in der Geschichte des Krösus gedenkt ohne einen solchen Beisatz, der doch eher bei der ersten als bei der dritten Erwähnung am Platze gewesen wäre. Nun wissen wir, dass seine Geschichte nicht in kurzer Zeit abgeschlossen wurde, sondern dass einzelne Stücke in verschiedenen Zeiten entstanden und die Schlussredaction eigentlich fehlt. So ist es immerhin möglich, dass die ganze ausführliche Episode über Krösus nicht zur ersten Anlage des Werkes gehörte, dagegen die Erwähnung an dritter Stelle aus der frühesten Zeit herrührte und nur später, als eigentlich nicht mehr passend, nicht getilgt wurde.

Uebrigens will ich selbst den Worten des Herodot keine zu hohe Bedeutung beilegen, sondern nur constatiren, dass, wenn wir auch wissen, dass der Neubau nach den Perserkriegen begann, sich doch keineswegs behaupten lässt, es sei sofort nach der Schlacht bei Mykale geschehen.

Die Beendigung des ephesischen Tempels. Ich hatte ferner gesagt, dass, als Päonios den Bau bei Milet begann, der ephesische Tempel noch nicht nothwendig vollendet zu sein brauchte, zumal beide Orte nicht sehr weit von einander entfernt lagen. Dagegen erhebt Urlichs (S. 250) folgenden Einwand: „Das Didymaeon war 180 Stadien von Milet entfernt, d. h. eine Tagereise (Plin. V, 112; vgl. mit Herodot V, 53 f.), also drei Tagereisen von Ephesus; so viel gebrauchte wenigstens Chandler; so dass ein jeder Anstand erst nach 6 Tagen vom Baumeister erledigt werden konnte. Das wäre schwieriger gewesen, als wenn etwa heutzutage derselbe Künstler den Kölner und den Strassburger Dom zugleich ausbauen sollte." Allein erstens liegt das Didymaeon nur zwei Meilen von Milet entfernt (Ross Kleinasien und Deutschland S. 131), so dass bei Plinius LXXX statt CLXXX zu schreiben sein wird. Ferner bezieht sich die herodotische Rechnung von 150—180 Stadien auf Armee-märsche, nicht auf gewöhnliche Tagereisen. Chandler endlich reiste, um sich die Gegend genauer anzusehen, also langsam, und doch war er am dritten Tage schon um 1 Uhr Mittags am Didymaeon, während er den ganzen Nachmittag des zweiten in Milet zugebracht und auch am ersten nur eine mässige Tour gemacht hatte. Nach der wirklichen Ent-fernung würde sich die ganze Reise sehr wohl in anderthalb Tagen, ja bei besonderer Anstrengung und ein- oder zweimaligem Pferdewechsel sogar in einem Tage bewerkstelligen lassen müssen. Paeonios konnte also sehr wohl von Ephesos aus den Bau von Zeit zu Zeit inspiciren, sofern er nicht etwa, wie Urlichs (S. 238) für Deinokrates hinsichtlich des späteren ephesischen Baues annimmt, „die letzte Vollendung des Baues nachseinen Angaben andern Händen überlassen haben" sollte.

Urlichs fährt S. 251 fort: „Vor Paeonios hatte Demetrios den Bau in Ephesos geleitet und zwar während einer Generation. Rechnen wir für den Ersteren, der ja später noch in Milet beschäftigt war, 7 Olym-piaden von Ol. 71 ab (in der nach Urlichs der ephesische Tempel voll-endet worden sein soll), und für Demetrios 8 Olympiaden, so begann Demetrios seine Thätigkeit Ol. 56, d. h. kurz nach der Einnahme durch Krösos." Auch hier haben wir es wieder mit willkürlichen Voraussetzungen und Schlussfolgerungen zu thun. Wenn nach Urlichs Paeonios Ol. 64 die Leitung des ephesischen Baues übernahm, was doch gewiss nicht in seinen ersten Jünglingsjahren geschah, ist es da wahrscheinlich, dass er Ol. 76, wo ebenfalls nach Urlichs, aber wohl zu früher Annahme der Bau in Milet begann, noch im Stande war, denselben zu übernehmen? Lesen wir aber nur die betreffende Stelle bei Vitruv (VII, praef. 16): Primumque aedes Ephesi Dianae Ionico genere a Chersiphrone Gnosio et filio eius Metagene est instituta, quam postea Demetrius ipsius Dianae servus et Paeonius Ephesius dicuntur perfecisse. Wäre hier Demetrios als Sohn des Metagenes, Paeonios als Sohn des Demetrios bezeichnet, so könnte wenig-stens die Art der Berechnung bei Urlichs, wenn auch mit verschiedenen

38

Ausgangspunkten, bestehen. Aber das war keineswegs der Fall, und so steht das „während einer Generation“ völlig in der Luft: wir wissen in keiner Weise, wie lange jeder dieser Architekten, ob 10, 20, oder 30, 40 Jahre in Ephesus beschäftigt war. Denn dass die vier Architekten ohne irgendwelche Unterbrechung 120 Jahre an dem Tempel bauten, ist keineswegs gesagt: die letzten werden vielmehr von den ersten durch postea getrennt. Jener lange Zeitraum von 120 Jahren, der zwischen Beginn und Vollendung lag (Plin. 36, 95), verbunden mit dem Umstande, dass schon unter Cyrus die politischen Stürme begannen, welche den Ioniern für längere Zeit ihre Freiheit kosteten, machen daher die Annahme durchaus wahrscheinlich, dass der Bau längere Zeit unterbrochen war und überhaupt erst nach Sicherung der Selbständigkeit wieder aufgenommen, dann aber vielleicht schnell zu Ende geführt wurde: und hierbei konnten wenigstens möglicher Weise Demetrios und Paeonios nicht nacheinander, sondern gemeinsam betheiligt sein, der eine vielleicht mehr als künstlerischer, der andere als praktischer Leiter: denn Vitruv sagt nicht von einem, sondern von beiden: dicuntur perfecisse.

Die Vergrösserung des ephesischen Tempels. Sehr wohl möglich ist es, dass unter diesen beiden Architekten auch die von Strabo XIV, 640 erwähnte Vergrösserung des Tempels stattfand, hinsichtlich welcher ich aber ebenfalls den neueren Ausführungen von Urlichs nicht beizustimmen vermag, wenn ich auch nicht auf meiner Behauptung beharren will, dass Strabo den Ausbau fälschlich als eine Erweiterung bezeichnet haben könne. Urlichs sagt nemlich (S. 251): „Ihn (den Demetrios) halte ich für den Unbekannten bei Strabo, der den Tempel, indem er die von Krösos geschenkten Säulen (Herod. 1, 92) verwandte, grösser gemacht hat.“ Herodot sagt nur, dass Krösos einen grossen Theil der Säulen (αἱ πολλαί) geschenkt habe, spricht aber nicht von der Vergrösserung des Tempels; der Zwischensatz bei Urlichs entbehrt also der Begründung. Die Vergrösserung selbst aber soll nach Urlichs in der Verwandelung des Peripteros in einen Dipteros bestanden haben. Wie früher, muss ich auch jetzt wieder die Schwierigkeiten einer solchen Umwandlung betonen. Erinnern wir uns nur der Vorsichtsmassregeln, welche das Legen der Fundamente des Tempels in einem sumpfigen Terrain erheischte, so muss eine Erweiterung derselben nach allen vier Seiten hin im höchsten Grade misslich erscheinen. Weiter genügte es

sodann nicht, Dach und Giebel theilweise abzubrechen und weiter
hinauszurücken, in das Gebälk neue Stücke zu setzen, damit es auf die
äusseren Säulen reichte (S. 254): Dach und Giebel mussten vollständig,
das Gebälk wesentlich umgearbeitet werden, sollte nicht ein abscheu-
liches Flickwerk entstehen. „Dass man mit der Cella anfing, dann ein
Pteroma baute und, als Krösus sein Geschenk machte, das zweite daran
setzte", scheint mir keineswegs „am einfachsten", sondern eine sehr
complicirte Operation: namentlich in der Vorderansicht würde die
Schönheit der ursprünglichen Anlage wesentlich beeinträchtigt worden
sein; denn die Breite würde nicht, wie Urlichs mich interpretirt, im
Verhältniss zur Länge, sondern zur Höhe des Tempels unförmlich erschienen sein. Ein griechischer Tempel ist keine Pyramide, deren Kern
man mit beliebig vielen Hülsen umgeben kann. — Fand eine Vergrösserung statt, so werden wir nur an eine Verlängerung denken können.
Vielleicht erschien in der ursprünglichen Anlage der Tempel zu kurz,
indem in einer Zeit, in welcher die Tempelschemata noch wenig theo-
retisch entwickelt waren, die Anlage des Planes der Cella die eines
Peripteros sein mochte, an den nur an den Längenseiten die dipterischen
Säulenreihen angefügt waren. Fügte man nun einen Opisthodomos und
überhaupt nur zwei Säulen in der Länge an, so vergrösserte sich doch
der Tempel in dieser Richtung um 60 Fuss; die Vervollständigung der
Fundamente hatte weniger Schwierigkeit; es waren auserdem höchstens
zehn Säulen umzustellen und wenig anderes umzuarbeiten.

Sofern nun diese Erweiterung durch Demetrios und Paeonios und
erst nach den Perserkriegen erfolgte, haben wir auch nicht nöthig, in
der von Urlichs S. 254 citirten Stelle des Aristides 42, p. 776 ed.
Dind. den Ausdruck μείζων auf eine Vergrösserung durch Deinokrates
zu beziehen, sondern wir können uns streng an Strabo halten, dem-
zufolge ein Architekt den ältern Tempel ἐποίησε μείζω, während die
Ephesier nach dem Brande ἄλλον ἀμείνω κατεσκεύασαν.

Der Beginn des ephesishen Tempelbaues. Wir müssen Urlichs noch weiter folgen (S. 255): „Gehen wir wieder auf die beiden
ersten Baumeister zurück. Was Plinius 35, 95 sagt, columnae a singulis
regibus factae, ist nicht von den fremden Königen, sondern von ein-
heimischen Herrschern, Krösos eingeschlossen, zu verstehen. Dies können

die Basiliden nicht sein, die, wie in Erythrä, oligargisch regierten und
später Ehrenvorzüge behielten (Strabo p. 633), weil Plinius die Reihen-
folge einzelner Regenten im Sinne hat." Aus welchen Worten, frage
ich, geht diese Absicht des Plinius hervor? Gerade die Basiliden bieten
die passende Erklärung für die sonst sehr auffällige Notiz, dass singuli
reges die Säulen, natürlich singulas columnas beschafft haben. Nur
liegt der Verdacht nahe, dass Plinius hier eine den späteren Bau betreffende Nachricht auf den früheren bezog; denn nach einer von Urlichs
selbst S. 232 beigebrachten Stelle aus dem zweitem Buche der Oecono-
mica des Aristoteles II, p. 1349 Bekker: (Ἐφέσιοι), τῶν τε κιόνων τῶν
ἐν τῷ νεῷ τάξαντες ἀργύριον ὃ δεῖ καταβαλεῖν, εἴων ἐπιγράφεσθαι τὸ ὄνομα
τοῦ δόντος τὸ ἀργύριον ὡς ἀνατεθεικότος: hier haben wir also einzelne
von Einzelnen geweihte Säulen. Doch will ich die Möglichkeit nicht
leugnen, dass auch schon bei dem älteren Bau ein ähnliches Verfahren
obgewaltet haben könne.

Jene „Aufeinanderfolge einzelner Regenten" benützt nun Urlichs
zu gewagten Hypothesen. „Als Krösos die Stadt belagerte, herrschte
Pindaros . . . Sohn des Melas und einer Tochter des Alyattes . . . Melas
regierte also gleichzeitig mit Alyattes, etwa bis Ol. 54. Vor ihm, wir
wissen nicht ob unmittelbar, regierte Pythagoras (Suidas s. v.), welcher
durch den Demos die Basiliden stürzte. . . . Rechnet man von Krösos
Belagerung, d. h. von Ol. 55 zwei Generationen zurück, so gelangt man
auf Ol. 40, d. h. auf die Regierung des Pythagoras." Also zuerst „wissen
wir nicht, ob unmittelbar" vor Melas Pythagoras regiert, und doch wird
sogleich nachher eine chronologische Berechnung darauf gestützt. Dass
etwa Pythagoras der Vater des Melas gewesen, wird nirgends gesagt;
und eben so wenig darf ohne weiteres angenommen werden, dass ein
gewaltthätiger Herrscher wie Pythagoras seine dreissig Jahre ruhig die
Gewalt behauptet habe. Hätte aber Pythagoras schon Ol. 40 regiert,
so würde Baton, der περὶ τῶν ἐν Ἐφέσῳ τυράννων schrieb, seine Zeit
in anderer Weise bestimmt haben, als er es nach Suidas that: ἦν δὲ
πρὸ Κύρου τοῦ Πέρσου, ὡς φησὶ Βάτων. Diese Bezeichnung deutet vielmehr darauf hin, dass die Regierung des Pythagoras nahe an die des
Cyrus heranreichte; wäre sie zum grössten Theil mit der des Kyaxares,
des Grossvaters des Cyrus, zusammengefallen, so würde sicher Baton

eine andere Ausdrucksweise gewählt haben. — Doch der Tempelbau soll
nun eben um Ol. 40 begonnen worden sein und durch niemand anderen,
als diesen Pythagoras: „Ihm befahl, wie ausdrücklich berichtet wird,
das delphische Orakel einen Tempel zu errichten, nachdem ein älterer
(doch wohl derselbe?) durch den Tod einer Jungfrau entheiligt war.
Dieser ältere war vermuthlich der von den Kimmeriern zerstörte und
dann ohne Zweifel von den Basiliden hergestellt. Pythagoras baute
den neuen — baulustig wie alle Tyrannen." — Wo steht aber geschrieben,
dass Pythagoras gerade den Artemistempel baute? Suidas sagt nur,
dass er von seinen politischen Gegnern παμπόλλους ἐν τοῖς ναοῖς ἀπ-
έκτεινεν. Die Tochter eines derselben καταφυγοῦσαν ἐς τὸ ἱερὸν, die er
von dort nicht wegzuschleppen wagt, lässt er streng bewachen, und
bringt sie durch Hunger so weit, dass sie sich erhängt. Bei darauf-
folgender Noth befiehlt dann die Pythia: νεὼν ἀναστῆσαι καὶ κηδεῦσαι
τοὺς νεκρούς. Es ist also weder gesagt, dass der Tempel, in den die
Jungfrau floh, der der Artemis war, noch dass der in Folge ihres
Todes gebaute dieser Göttin geweiht wurde. — Wir werden demnach
auf jeden Fall besser thun, diese ganze Erzählung bei den Erörterungen
über den Artemistempel völlig aus dem Spiele zu lassen; und eben so
wenig werden wir wagen dürfen, im Einzelnen zu bestimmen, wie viel
der Aesymnet Aristarchos, die Tyrannen Komas und Athenagoras
etwa zur Weiterführung des Baues beigetragen haben mögen (Urlichs
S. 256).

Resultate für die Zeitbestimmung des Theodoros. Ich habe
die Mühe nicht gescheut, Urlichs in die Einzelnheiten seiner Erörterungen
zu folgen. Das Resultat war indessen ein rein negatives und wir bleiben
für die Geschichte des ephesischen Tempelbaues auf die Angaben
beschränkt, die uns schon früher zu Gebote standen: Ueber die Zeit
des Beginnes sind wir ohne directe Nachricht. Zur Zeit der Belagerung
durch Krösos, Ol. 55,1, war wenigstens ein Theil der Säulen schon
aufgestellt, und unter Servius Tullius (gegen Ol. 60) war der Ruhm des
Baues bereits nach Italien gedrungen. Die Vollendung erfolgte, offenbar
nach längerer Unterbrechung, erst 120 Jahre nach dem Beginne, und
zwar durch Paeonios, der auch den milesischen Tempel, wir wissen nicht
ob sofort oder 10, 20 Jahre später, sicher aber erst nach den Perser-

kriegen baute. Die letztere Nachricht aber beweist, dass jene 120 Jahre
nicht zwischen Ol. 41—71 fallen, sondern zwischen Ol. 50—80 in runder
Zahl: denn auf eine Differenz von etwa zehn Jahren lässt sich die Grenze
nicht bestimmen.

Mit diesem, wenn auch immer sehr allgemeinen Resultate fallen
aber die Folgerungen, welche Urlichs aus seinen Voraussetzungen für
die Geschichte der Samier Rhoekos und Theodoros gezogen hatte; und
meine Argumentationen, denen zufolge es nur einen Theodoros, Sohn
des Telekles und Genossen des Rhoekos, ungefähr von der 50. Ol. bis
in die Zeit des Krösos gegeben, treten wieder in ihr volles Recht ein.
Dieselben nochmals im Einzelnen zu wiederholen, halte ich nicht für
geboten. Denn sie sind keineswegs, wie Urlichs S. 257 sagt, durch
Bursian „hinreichend gewürdigt", da dieser nur auf die angebliche
Existenz des von Rhoekos erbauten samischen Tempels schon in der
37. Ol. hinweist, und dann eine ganz andere Geschlechtsfolge nachweist,
die Urlichs selbst aus triftigen Gründen verwirft. Dass nicht alle Angaben der Alten, so wie sie uns überliefert sind, neben einander bestehen
können, giebt auch Urlichs zu, und es fragt sich also nur, wo wir die
Irrthümer anzunehmen haben. Hier stehen sich nun zunächst gegenüber
Diodor, der aegyptischen Priestern nacherzählt, nebst Diogenes Laërtius und
Athenagoras, die nur flüchtig des Theodoros gedenken, und Pausanias, der
nicht nur im Allgemeinen für Künstlergeschichte ein besserer Gewährsmann ist, als einer der Genannten, sondern sich auch gerade über
Theodoros und Rhoekos in sehr bestimmter Weise, also offenbar nach
genauerer Information ausspricht, und dessen Angaben sich mit denen
aller andern Autoren, die Theodoros erwähnen, mit Herodot, Plinius,
Himerius, Athenäus' bis auf Tzetzes sehr wohl vereinigen lassen. Ich
glaube, dass hier nach den Gesetzen einer gesunden Kritik die Ent-
scheidung nicht zweifelhaft sein kann. — Was ferner die Bemerkung
des Pausanias über den alterthümlichen Kunstcharakter der Statue der
Nacht von Rhoekos anlangt, so ist wohl zu beachten, dass sein Urtheil
nur ein relatives ist und sich nur auf ein angeblich älteres, aber schon
vollendeteres Gusswerk bezieht. Mochte aber auch die Statue des Rhoekos
an sich noch unvollkommen und roh erscheinen, so dürfen wir ferner
nicht vergessen, dass ein Theil der Unvollkommenheiten gewiss auf

Rechnung der grossen Schwierigkeiten einer ganz neuen Technik zu setzen sein wird. Endlich aber hatte die Kunst damals wohl in decorativer, getriebener und cisellirter Arbeit eine lange Vergangenheit hinter sich: die statuarische Kunst dagegen befand sich in ihrer erster Entwickelung; und wenn daher Urlichs nicht ansteht, eines der ältesten und alterthümlichsten statuarischen Werke, wie den Apollo von Tenea, mit dem durch reichste decorative Ausführung glänzenden amykläischen Thron etwa gleichzeitig anzusetzen, so werden wir eben so wenig daran Anstoss nehmen dürfen, wenn neben den gerühmten decorativen Arbeiten des Theodoros die gegossene Statue seines Genossen Rhoekos als noch unvollkommen bezeichnet wird. Ganz in derselben Weise finden wir auch im Mittelalter, in der guten Zeit der Gothik, neben vortrefflich ausgeführter decorativer Arbeit doch eine noch unentwickelte statuarische Kunst.

Kürzer dürfen wir uns über Smilis und Endoeos fassen.

Smilis.

Nach Bursian (Jahrb. für Phil. 73, S. 509) müssen wir „die Person des Smilis gleich der des Daedalos als eine mythische aus der Geschichte der griechischen Künstler fern halten.“ Das Zeugniss des Plinius (36, 90), dem zufolge Smilis mit Rhoekos und Theodoros das Labyrinth erbaut habe, könne bei der (auch von mir zugegebenen) Unzuverlässigkeit der ganzen Erzählung nichts beweisen; nicht einmal der Name Smilis stehe bei Plinius ganz sicher, da der Bamb. milus biete. Allerdings haben auch die andern Handschriften nicht smilis, wohl aber zmilis, was denn doch bestimmt genug auf Smilis hinführt. Mag aber auch die Erzählung von der Erbauung des Labyrinths eine Fabel sein,. so bietet doch für die Zusammenstellung der drei Namen bei Plinius die weitere Nachricht eine Stütze, dass das Bild der Hera zu Samos ein Werk des Smilis war, und dass wir die Aufstellung desselben naturgemäss mit der Erbauung des Tempels durch den mit Theodoros eng verbundenen Rhoekos in Zusammenhang bringen. Ferner finden wir im Heraeon zu Olympia (Paus. V, 17, 1) die Horen des Smilis mitten unter den Werken der Schüler des Dipoenos und Skyllis, und sie mit Bursian für älter als die letzteren zu halten, liegt durchaus kein Grund vor, indem Pausanias vielmehr diesen ganzen Complex von Weihgeschenken als *μάλιστα ἀρχαῖα* zusammenfasst gegenüber andern weit jüngeren, welche *χρόνῳ ὕστερον* aufgestellt wurden. Daneben nennt freilich Pausanias (VII, 4, 4) den Smilis einen Zeitgenossen des Daedalos. Aber auch Dipoenos und Skyllis heissen Schüler, ja Söhne des Daedalos, und Endoeos, ein ebenfalls historischer Künstler (s. u.), wird sogar sein Genosse auf der Flucht nach Kreta genannt. Wenn man nun den Smilis zum mythischen Repräsentanten der ältesten aeginetischen Kunst hat machen wollen, so ist dies lediglich eine Annahme der Neueren, die einzig an der von Pausanias vorausgesetzten Gleichstellung mit Daedalos eine wahrlich sehr hinfällige Stütze hat. Denn sie besagt weiter nichts, als dass Smilis ein sehr alter Künstler war. Sonst aber haftet an seiner Person nirgends etwas mythisches, nichts wunderbares an seiner Genealogie, nichts wunderbares an seinen Werken. Nicht einmal an die Spitze einer Schule wird er ausdrücklich gestellt: er steht isolirt, als der älteste uns bekannte unter den Aegineten, aber selbst ohne nachweisbaren Zusammenhang mit den späteren zahlreichen Künstlern dieser Insel. Er erscheint in Samos neben Rhoekos und Theodoros, in Olympia neben den Schülern des Dipoenos und Skyllis, und nach diesen Künstlern ist also auch seine Zeit zu bestimmen.

Endoeos.

Hier mögen sich jetzt noch einige Bemerkungen über den schon erwähnten attischen Daedaliden Endoeos anschliessen. Wo eine Inschrift mit seinem Namen etwa aus der 70. Olympiade vorhanden ist, da müssen wir von ihr als Grundlage der Untersuchung ausgehen und werden ohne die dringendste Noth nicht einen älteren und einen jüngeren Künstler gleichen Namens scheiden dürfen. Suchen wir nun nach anderen Haltpunkten, so ist es erstens völlig ungewiss, wann er das Bild der Athene für Erythrae machte (Paus. VII, 5, 9). Das der Athene zu Tegea (Paus. VIII, 46, 1) soll nach Urlichs (Skopas S. 246) zwischen Ol. 52 und 55 entstanden sein, in welcher Zeit der dortige Tempel vollendet worden sei. Aber worauf gründet sich diese Annahme? Das älteste *ἱερὸν* gründete der mythische Aleos; *χρόνῳ δὲ ὕστερον κατεσκευάσαντο οἱ Τεγεᾶται τῇ θεῷ ναὸν μέγαν τε καὶ θέας ἄξιον*, denselben, der Ol. 96,2 abbrannte. Ausser diesem *ὕστερον* fehlt jede Zeitangabe. Urlichs aber schliesst (S. 9): „vermuthlich gleichzeitig mit dem Olympieion Athens und dem delphischen Heiligthume Apollons in der Periode, als Tegea sogar den Spartanern an Macht überlegen war, zwischen Ol. 46,1 und 58,1, wohl wegen des grossen Sieges über die Spartiaten, zwischen Ol. 52 und 55, weil darin die Fesseln der lacedaemonischen Gefangenen aufgehängt und daneben im Stadium die Spiele Halotia wegen der Gefangenen gefeiert wurden." Das wäre freilich wohl möglich, lässt sich aber durch nichts beweisen. Die Ketten konnten auch später in den Tempel gehängt sein, wie ja z. B. auch die Schilde der Perser erst später ihren Platz am Architrav des Parthenon fanden. Nicht glücklich gewählt sind sodann die Vergleiche mit dem Olympieion und dem delphischen Tempel. Denn ersteres wurde erst unter Hadrian vollendet; an dem zweiten wurden die Sculpturen der Giebel erst gegen Ol. 90 aufgestellt, eben so wie der aus der Beute eines Ol. 52 geführten Krieges erbaute Zeustempel zu Olympia erst in der Zeit des Phidias seinen Figurenschmuck erhielt. Weshalb also muss der tegeatische, selbst seinen Beginn um Ol. 52 zugegeben, um Ol. 55 vollendet, weshalb damals die Statue des Endoeos aufgestellt gewesen sein? — Eben so wenig sind wir über die Aufstellung seines Bildes der ephesischen Artemis unterrichtet. Dass es wahrscheinlich unter der Regierung des Atheners Aristarch in Ephesus, in der ersten Zeit der Regierung des Cyrus, verfertigt worden; dass Endoeos von dort nach Erythrae gegangen, ist rein subjective Vermuthung von Urlichs (S. 256), für welche jeder positive Beweis mangelt. — Welcher Kallias endlich eine Athenestatue des Endoeos auf der Akropolis von Athen weihete, bleibt nach den Worten des Pausanias (I, 26, 4) völlig ungewiss. Seiner eigenen Kritik giebt aber Pausanias die ärgste Blösse, wenn er im Angesicht der Inschrift dieser Statue den Endoeos Begleiter des Daedalos auf der Flucht nach Kreta nennt. Eher mögen wir uns gefallen lassen, dass er bei ihm wie bei Athenagoras Schüler des Daedalos heisst. Denn darin liegt nur so viel ausgesprochen, dass Endoeos den Daedaliden beigezählt wurde: als solche aber wurden nicht nur die ältesten uns bekannten Künstler, wie z. B. Dipoenos und Skyllis bezeichnet, sondern selbst Onatas, dessen Thätigkeit sich noch mit der des Phidias berührt, wird noch mit ihnen auf gleiche Linie gestellt (Paus. V, 25, 7). Der Ausdruck besagt eben nichts anderes, als was sonst als παλαιὰ ἐργασία bezeichnet wird: die

alte Schule, der Archaismus im Gegensatz zu der durch Phidias frei
entwickelten Kunst. Für die feineren chronologischen Unterscheidungen,
wenn sie je von den Alten mit Sorgfalt erforscht waren, hatte sich
gewiss in der Zeit des Pausanias das Gefühl verloren, gerade so wie
noch bis gegen Ende vorigen Jahrhunderts wohl nur wenige eine etwas
klarere Vorstellung hatten von dem Unterschiede zwischen den Werken
der Byzantiner, eines Cimabue, Giotto, Masaccio bis zu den unmittelbaren Vorgängern Raphaels herab. Wir selbst aber, um uns nicht zu
überheben, mögen nur bedenken, wie bis auf unsere Tage das Urtheil
über die Zeit zweier der wichtigsten archaischen Werke, der Aegineten
und des Harpyienmonuments von Xanthos geschwankt hat. — Also:
Endoeos gehört der alt-attischen Kunstschule an; für die genauere
Zeitbestimmung sind wir aber jetzt einzig auf die noch erhaltene
Inschrift angewiesen. Ergiebt sich durch umfassendere Untersuchungen
über alt-attische Palaeographie, welche bis jetzt noch fehlen, dass sie
älter ist, als Ol. 70, in die ich sie nach Rangabé setzte, so werde ich
solchen positiven Beweisen mich fügen. Schwerlich wird es sich
aber auch in einem solchen Falle um mehr als um einige Olympiaden
handeln.

Dipoenos und Skyllis.

Obwohl die Blüthe dieser kretischen Daedaliden sicher nicht vor
Ol. 50 fällt, so mögen sie doch wegen des ihnen von Urlichs (Skopas
S. 219 ff.) gewidmeten Excurses hier kurz besprochen werden. Gewiss
richtig weist Urlichs nach, dass in der bekannten Stelle des Plinius
(36, 9) die Worte geniti in Creta insula einfach nur das Geburtsland
anzeigen, während die unmittelbar folgende Zeitbestimmung auf in-
claruerunt, nicht auf geniti zurückweise. Sachlich ist indessen damit
nicht viel gewonnen; wir erfahren nur, dass ihr Ruhm schon vor Cyrus
beginnt. Denn die Worte des Plinius: hoc est olympiade circiter L sind
eben ein Zusatz, eine Folgerung des Plinius oder seiner unmittelbaren
Quelle und der Ausdruck circiter zeigt deutlich, dass es sich nur um
eine ungefähre Zeitbestimmung handelt, die uns zwischen Ol. 50—55
noch ziemlich freien Spielraum lässt. Diesen sucht nun Urlichs durch
eine längere Erörterung über die Herrschaft der Orthagoriden in Sikyon
in bestimmter Weise zu beschränken. Mag nun dieselbe an und für sich

ganz begründet sein, so verstehe ich doch nicht, was dadurch für die Geschichte der beiden Künstler gewonnen sein soll. Urlichs behauptet nemlich, die von Plinius erwähnten Statuen seien von Kleisthenes ‚vor Ol. 51,3 bestellt, die Künstler aber als Anhänger des damals getödteten Tyrannen genöthigt worden, die Stadt zu verlassen und erst nach einer neuen politischen Wendung wieder zurückgekehrt. Wenn ich dagegen behaupten wollte, die Sikyonier hätten die Statuen wegen der Befreiung von der Tyrannei bestellt, die Künstler aber hätten unter der neuen Tyrannis des Aeschines fliehen müssen und seien erst nach dessen Sturz ‚wieder zurückgerufen worden, so wüsste ich kaum, was Urlichs dagegen einwenden könnte: Meine Behauptung hätte eben so viel Grund, wie die seinige, oder richtiger: beide würden gleich willkürlich sein. Denn was sagt Plinius? Die‘ Sikyonier bestellten von Staats wegen (publice) die Statuen, die Künstler iniuriam questi abiere; als dann Hungersnoth entsteht, befiehlt das Orakel sie zurückzuholen. Hier ist also ein Zusammenhang mit den politischen Verhältnissen auch nicht mit einem einzigen Worte angedeutet, und Urlichs Voraussetzungen stehen daher völlig in der Luft.

Dagegen ist es immer einigermassen auffällig, dass Plinius die Zeit kretisch-sikyonischer Künstler nach der Zeit des Cyrus' bestimmt, und wir dürfen daher wohl vermuthen, dass zur Aufstellung dieses Synchronismus ein bestimmter Anlass gegeben war. Ein solcher liegt aber in der von Urlichs als zweifelhaft bezeichneten, in sich aber keineswegs verdächtigen Notiz aus armenischer Quelle hinlänglich deutlich vor, der zufolge Cyrus einige Werke der beiden Künstler aus Lydien wegführte. Also — folgerte Plinius oder sein Gewährsmann, sofern ihnen diese Thatsache bekannt war — die Künstler waren schon vor Cyrus bekannt. Allerdings darf Urlichs sagen, dass auch in diesem Falle die Statuen schon Ol. 50 gearbeitet sein konnten; aber es lässt sich keineswegs behaupten, dass dies nothwendig der Fall sein musste. Olympiade circiter L ist nur eine Schlussfolgerung; die eigentliche historische Angabe des Plinius kann aber auch noch als richtig gelten, wenn die Werke, welche Cyrus wegführte, erst zur Zeit des Krösus gearbeitet waren und die Künstler überhaupt ihre Thätigkeit erst einige Olympiaden nach der fünfzigsten begonnen hatten.

Kallon.

Die eben besprochene Differenz würde für die Beurtheilung des Dipoenos und Skyllis ziemlich gleichgültig sein, wenn sie nicht von einigem Einfluss auf die Zeitbestimmung des Kallon von Aegina wäre, dessen Thätigkeit ich bis über Ol. 81,2 ausdehnen zu müssen geglaubt habe. Ich selbst bezeichnete den von mir vorgeschlagenen Ausweg als kühn und gewagt, und musste also zufrieden sein, wenn es mir nur gelang, ihn als nicht geradezu unmöglich nachzuweisen. Die Sache stellt sich indessen bei abermaliger Prüfung noch etwas günstiger für mich. Krüger in den historisch-philologischen Studien S. 156 hat nemlich nachgewiesen, dass der dritte messenische Krieg nicht Ol. 81,2, sondern schon Ol. 79,3 sein Ende erreichte, wodurch ich zu Gunsten meiner Angabe 6—7 Jahre gewinne. Es lässt sich danach folgehdes Schema aufstellen, in dem natürlich die einzelnen Zahlen mit Ausnahme der letzten keinen absoluten Werth haben, sondern nur ungefähre Verhältnisse bezeichnen.

Ol. 48,1 Geburt des Dipoenos, der also bei dem Regierungsantritt des Cyrus (Ol. 55,2) 29 Jahre alt war und als Künstler schon bekannt sein konnte.

Ol. 56,1 Tektaeos geboren und

Ol. 61,1 zwanzigjährig in der Schule des 52jährigen Dipoenos.

Ol. 64,1 Kallon geboren,

Ol. 69,1 zwanzigjährig in der Schule des 52jährigen Tektaeos und

Ol. 79,3 bei Beendigung des messenischen Krieges 62 Jahre alt.

In diesem Schema ist nichts enthalten, was auch nur den geringsten Anstoss erregen könnte. Die drei Künstlergeschlechter folgen sich in Zeitabständen wie Grossvater, Vater und Sohn, und das Schlussdatum giebt dem Kallon ein keineswegs hohes Alter von 62 Jahten. Ja es ist dabei noch nicht einmal in Betracht gezogen, dass Dipoenos nicht nothwendig beim Regierungsantritt des Cyrus schon berühmt sein musste, sondern vielleicht erst einige Jahre später für Krösus arbeitete.

Doch man wird mir vielleicht den alterthümlichen Kunstcharakter des Kallon entgegenhalten wollen, der auf eine frühere Zeit hinweise. Allein betrachten wir nur die bekannten vergleichenden Kunsturtheile bei Quintilian (XII, 10, 7) und Cicero (Brut. 18) etwas näher, in denen in vier Abstufungen 1) Kanachos und Kallon, 2) Kalamis, 3) Myron und 4) Polyklet aufgeführt werden, so lehren die drei letzten Glieder der Reihe, dass das erste von den folgenden nicht durch einen weiten Zeitraum loszulösen ist. War, wie wir im Allgemeinen annehmen dürfen, in der 80. Ol. Polyklet 25—30, Myron 35—40, Kalamis (der Ol. 78 für Hieron arbeitet) etwa 50 Jahre alt, so stimmt es damit auf das Beste, wenn sich damals nach unserer obigen Berechnung Kallon im 60—65 Jahre befand. Sehr viel früher als Ol. 80 werden auch die aeginetischen Giebelgruppen nicht entstanden sein. Setzen wir nun einmal den Fall, Kallon habe Ol. 76,3 etwa 50jährig den Westgiebel ausgeführt, der mit Kalamis für Hieron arbeitende Onatas den Ostgiebel, so würden wir gewiss mit vollstem Rechte sagen dürfen: rigidiora oder duriora sind die Werke im Westgiebel, molliora oder minus rigida die im Ostgiebel, pulchra oder molliora adhuc die Werke des Myron, pulchriora etiam et iam plane perfecta die des Polyklet. — So scheint mir aus diesen Discussionen meine ursprüngliche Ansicht über die Zeit des Kallon nicht geschwächt, sondern wesentlich gestärkt hervorgegangen zu sein.

Die Begrenzung der Zeit des Kallon ebnet aber, wie mir gerade noch beifällt, auch eine Schwierigkeit in der Chronologie eines andern Künstlers. Das Leben des Ageladas nemlich wurde durch das Bild des Zeus Ithomaeos, welches er für die in Folge des dritten Krieges nach Naupaktos übergesiedelten Messenier verfertigte, etwas mehr als wünschenswerth ausgedehnt; und Overbeck hatte daher kürzlich (Rhein. Mus. XXII, 123 ff.) eine von mir ausgesprochene Vermuthung, dass dieses Bild eine Copie eines Zeus desselben Meisters zu Aegion und nicht nothwendig von der Hand des Ageladas selbst sein möge, mit ganz annehmbaren Gründen zu unterstützen gesucht. Wir bedürfen jetzt kaum noch dieses Ausweges. Denn die frühere Beendigung des Krieges gestattet uns, das Ende der Thätigkeit des Ageladas um eben so viele Jahre wie die des Kallon früher anzusetzen, wodurch jeder Anstoss schwindet.

Gitiades.

Kallon führt uns endlich auf Gitiades von Sparta, indem er mit diesem von Paus. III, 18, 5 bei Gelegenheit der wegen des (dritten) messenischen Krieges geweihten Dreifüsse zusammengestellt wird. Ihn so spät anzusetzen, soll uns indessen nach Bursian (Jahrb. f. Phil. 73, 513) sein berühmtes Werk hindern, der mit Erzplatten bekleidete Tempel der Athene Chalkioikos, der unmöglich erst nach Ol. 81,2 errichtet sein könne. „Denn wenn auch ein sehr altes Heiligthum der Athene, dessen Gründung auf Tyndareos und seine Söhne zurückgeführt wurde, schon vor Gitiades bestand, so führte damals diese Göttin den Beinamen πολιοῦχος, den der χαλκίοικος erhielt sie offenbar erst von dem Gebäude des Gitiades. Dieser Tempel bestand aber nicht nur schon Ol. 75,4, wo Pausanias in das Temenos desselben flüchtete, sondern schon im zweiten Messenischen Kriege (Ol. 23,4), wo nach Paus. IV, 15, 5 Aristomenes ἀφικόμενος νύκτωρ ἐς τὴν Λακεδαίμονα ἀνατίθησιν ἀσπίδα πρὸς τὸν τῆς Χαλκιοίκου ναόν.“ Diese ganze Schlussfolgerung beruht auf der Voraussetzung, dass die Göttin den Beinamen χαλκίοικος erst von dem Gebäude des Gitiades erhalten habe. Ist dieselbe aber begründet? Pausanias sagt bei der ersten Erwähnung des Tempels III, 17, 2: Ἐνταῦθα Ἀθηνᾶς ἱερὸν πεποίηται, Πολιούχου καλουμένης καὶ Χαλκιοίκου τῆς αὐτῆς. Er setzt beide Namen gleich, ohne den einen für jünger als den andern zu erklären. Und warum soll nicht schon das alte Heiligthum den zweiten Beinamen geführt haben? Wir wissen, dass gerade in der Heroenzeit die Wände ausgezeichneter Räumlichkeiten häufig mit Metall bekleidet waren, während in der historischen Zeit diese Art der Ausschmückung immer mehr verschwand. Danach muss es viel wahrscheinlicher erscheinen, dass der Tempel den Beinamen seit uralter Zeit führte und dass Gitiades bei dem Neubau wegen des Beinamens oder aus gewissen religiös-conservativen Gründen die alte Art der Ausschmückung beibehielt. In diesem Falle beweisen die von Bursian citirten Stellen für das Alter des von Gitiades ausgeführten Baues nichts; wir haben uns vielmehr einzig an die andere von Pausanias überlieferte Angabe zu halten, die ihn mit Kallon gleichzeitig setzt. Dabei ist natürlich zuzugeben, ja sogar wahrscheinlich, dass der Tempel nicht nach, sondern zehn oder vielleicht noch mehr Jahre vor Ausführung des messenischen Weihgeschenkes gebaut sein konnte und dass er also durchaus noch ein Werk streng archaischer Kunst war. Ein positiver Grund, um von Pausanias Angabe abzugehen, liegt in keiner Weise vor.

Die vorstehenden Untersuchungen hatten den Zweck, im Einzelnen den Nachweis zu liefern, dass die Geschichte und Entwickelung der statuarischen Kunst bei den Griechen erst gegen die 50. Olympiade beginnt. Wir durften dabei von rein mythischen Persönlichkeiten, wie Daedalos und Epeios absehen. Auch Butades als Erfinder der Plastik und die halb sagenhaften Plasten Eucheir, Diopos und Eugrammos konnten nicht wohl in Betracht kommen. Glaukos von Chios aber, mag er nun schon Ol. 22 oder erst unter Alyattes gelebt haben, gehört seinem ganzen Wesen nach den Meistern der älteren decorativen Kunst an. So tritt uns als die älteste Bildhauerschule die Familie des Melas in Chios entgegen, die allerdings bis zur 30. Ol. zurückreicht. Wie viel indessen Melas und sein Sohn Mikkiades zu einem wirklichen Fortschritte beigetragen, muss zunächst zweifelhaft bleiben: erst von dem Enkel Archermos erfahren wir etwas mehr als den Namen; sie selbst aber verdanken ihre Erwähnung nur dem Umstande, dass die auf ihren Ruhm bereits stolzen Urenkel Bupalos und Athenis sich gewissermassen durch einen längern Künstlerstammbaum zu legitimiren suchten, während doch die Leistungen der Urahnen kaum über rohe Versuche hinausgehen mochten. Dass es an solchen Versuchen nicht fehlte, lehrt die Erwähnung so manches uralten Xoanon, lehrt auch der Gattungsbegriff der auf diesem Gebiete thätigen Künstler, der Daedaliden. Aber das einfache Xoanon, so wie das Sphyrelaton war der Entwicklung statuarischer Kunst nicht günstig; der Zeuskoloss der Kypseliden wird wegen seiner Kostbarkeit erwähnt, nicht wegen seiner Kunst; und bald erscheinen Sphyrelata nur noch ganz vereinzelt. Die statuarische Kunst bedurfte anderer Stoffe zu ihrer Entwickelung, und so beginnt denn ihre Geschichte, so zu sagen, mit der Eroberung neuer und ausgedehnterer technischer Gebiete: die Samier erfinden den Erzguss, die Chier bearbeiten den Marmor, die kretischen Daedaliden und ihre Schüler schliessen sich ihnen darin an und legen ausserdem durch eine neue Verbindung der alten Holzschnitz- und der getriebenen Metallarbeit den Grund zur weiteren Entwickelung der chryselephantinen Technik, während der Aeginet Smilis durch die Verbindung mit zweïen dieser Schulen von deren Fortschritten Nutzen zu ziehen scheint. Die Hauptthätigkeit aller dieser Künstler aber fällt zwischen die 50. und

60. Olympiade: kaum der eine und der andere mag um wenige Olympiaden
früher zu arbeiten begonnen haben. Von der Küste Kleinasiens, von
Chios, Samos und zugleich von Kreta ausgehend umspannen sie gewissermassen das eigentliche Griechenland und gewinnen dort einen solchen
Einfluss, dass unter den für die Stammsitze der Kunst ungünstigen
politischen Verhältnissen der nächsten Periode die neu erworbenen
Gebiete einen hinlänglich vorbereiteten Boden für die weitere Entwickelung darzubieten vermögen. So vereinigen sich also innere Gründe
und äussere Zeugnisse zur Bestätigung des Satzes, von dem wir aus-
gegangen sind: dass nemlich die Geschichte der statuarischen
Kunst bei den Griechen erst gegen die 50. Olympiade beginnt.